中西モトオ

鬼人幻燈抄

平成編
逢う日遥けし

きじんげんとうしょう
へいせいへん　あうひはるけし

双葉社

鬼《き》人《じん》幻《げん》燈《とう》抄《しょう》

登場人物紹介

葛野《かどの》甚夜《じんや》
江戸時代、天保の頃から生きる鬼。平成の世に現れるとされた鬼神と対峙するべく、兵庫県葛野《かどの》市へやって来た。

姫川《ひめかわ》美夜香《みやか》
葛野市にある甚太《じんた》神社の娘。いつきひめと夜の名を継ぐ者。

梓屋《あずさや》薫《かおる》
みやかの友人。明治時代に迷いこんだことがあり、その時は甚夜に朝顔《あさがお》と呼ばれていた。

姫川《ひめかわ》夜宵《やよい》
みやかの母親。幼い頃に、刀に封印されていた甚夜と出会ったことがある。

姫川《ひめかわ》啓人《けいと》
みやかの父親。旧姓は高森《たかもり》。やよいとは子供の頃からの付き合い。

藤堂《とうどう》夏樹《なつき》
渋谷の映画館『暦座《こよみざ》キネマ館』を営む藤堂芳彦《よしひこ》・希美子《きみこ》老夫妻のひ孫。父親の仕事の都合で、葛野市に引っ越してきた。甚夜とは、赤ん坊の頃からの付き合い。

柚原《ゆのはら》青葉《あおば》
浅草にある骨董屋『古結堂《こげつどう》』の店主。昭和の頃、鳩《はと》の街で甚夜を妖刀に封じ込めた過去を持つ。

柚原七緒《ゆのはらななお》

青葉の娘。子供の頃、浅草の神社で啓人とやよいの二人とよく遊んでいた。

吉隠《よなばり》

南雲《なぐも》叡善《えいぜん》に仕えていた鬼の一人。両性具有。元はいつきひめ夜風《よかぜ》の力だった〈織女《はたおりめ》〉の能力を宿している。

兼臣《かねおみ》

戦国時代、葛野にいた刀匠。妖刀で知られる夜刀守兼臣《やとのもりかねおみ》を生み出した。

土浦《つちうら》

兼臣の弟子。元は人間だったが、村で起こった事件がきっかけで鬼となる。その後、幕末の江戸で甚夜によって倒された。

鈴音《すずね》

甚夜の実の妹。正体は鬼で、甚夜の最愛の人・白雪《しらゆき》の命を奪った。この世の破滅を願ってマガツメを名乗り、甚夜に立ち塞がる。

鬼人幻燈抄　平成編

目次

平成編

装幀　bookwall(築地亜希乃)
装画　Tamaki

序章　逢う日遥《はる》けし

そうして歳月は、あまりにも早く流れ往き。

２００９年２月。

「みやかちゃん、一緒に帰ろ」
「じゃあ、今日もうちでね」
「うん、あと一息頑張るよ」

中学生活も残すところあとわずか。名残《なごり》を惜しむ気持ちもあるが、もう二月だからあまりのんびりはしていられない。三月になれば高校入試が待ち構えている。この時期に遊び呆けていられる中学三年生はなかなかいないだろう。

姫川《ひめかわ》みやかと梓屋《あずさや》薫《かおる》も、三月四日にある兵庫県立戻川《もどりかわ》高校の入学試験へと向けて、最後の追い込みをかけていた。放課後になれば薫がみやかの家に寄り、一緒に夕暮れまで勉強するのが最近の日課だった。

落ち着いた印象を受ける反面、取っつき難そうなみやかと、年齢よりも幼げで明るい薫。出会ったのは中学に上がってからだが、今では二人は大の仲良しで、お互い一番の親友同士である。高校も同じところを志望校に選び、万が一にも落ちないようにと成績が危うい薫の面倒をみやかが見ていた。普段は口にしないが、二人一緒の高校へ行きたいと思っているのはみやかも同じだ。勉強を見るくらい苦労でもなんでもなかった。

「……みやかちゃん、どう?」

「59問中48問正解。成果出てきたね」

「よ、よかったぁ……こんなにやって全然だめだったらどうしようかと思ったよ」

「絶対大丈夫、とは言えないけど。一応合格ラインは越えてるかな」

「そっか、ふふ。やった、よくやった私っ!」

今日もみやかの部屋で参考書を広げて勉強し、一日の締め括りで薫は予想問題集についていた模擬テストに取り組んだ。結果は八割正解。まだまだ甘いところはあるが、とりあえずは満足のいくものだった。

達成感から薫は倒れ込むようにごろんと寝転がる。いつもならそんな彼女のことをはしたないと諌《いさ》めるが、今日ばかりは見逃してあげよう。今までにないほどの高得点だ。平静を装っているが、友人の努力が実を結んだのは嬉しかった。

「へへ、これなら一緒の高校に行けそうだねっ」

「そうね。でも、油断はしたら駄目」

「分かってるよ。ちゃんと家に帰ったら復習します」

厳しいことを言っても心配していると分かっているからか、薫の表情は明るい。

「そうだ、みやかちゃん。明日高校の下見に行かない？　せっかく休みなんだし、そのあとちょっとだけ遊ぼうよ。具体的にはクレープとか食べたいなって」

明日は土曜日。学校は休みだし、気合いを入れ直す意味でも受験する高校の下見は悪くないかもしれない。みやかの学力なら滅多なことがない限り落ちる心配はないし、薫もここにきて成績を伸ばしてきた。多少の息抜きくらいなら問題はないだろう。

「ん……まあ、いいかな。それなりに成果は出てきたし」

「やった」

「でも、少し遊んで息抜きしたらちゃんと勉強もね？」

「分かってるよ」

へにゃりと笑う薫は年齢よりも幼く見える。自覚しているのか、この子は甘え上手なところがあった。

結局、いつものように薫の提案を受け入れる。決して悪い気分ではなかった。

土曜日、みやか達は高校の下見に出かけた。

兵庫県立戻川高校のすぐ傍には、その名の通り戻川《もどりがわ》という大きな川が流れている。元々川が氾濫した時の避難場所だった高台に、戻川高校が建造されたそうだ。そういった経緯からか、戻川高校には市やこの土地の古い名家からの援助が多く、学問でもスポーツでもさほど有名ではない県立校でありながら設備は近隣の高校に比べて随分と充実していた。

校門へと続く歩道にはガードレールがなく、市の援助で植えられた銀杏《いちょう》の木がその代わりをなしている。秋になれば見ごたえもあるのだろうが今は時期が違う。長々と続く並木通りは灰色で、物悲しい雰囲気を醸し出していた。

「案外綺麗だね。大きいし」

戻川高校は何年か前に開校三十周年を迎えた。その時に工事の手が入り、古びた校舎は明るい白色の映える小綺麗な外観に変わったそうだ。

「進学校ってわけじゃないけど、結構施設は充実してるみたい」

「自販機とかもいっぱい。すごいよ、カップラーメンのやつもある！　うちの中学だと考えられないよね」

初めに目を付けたのが食べ物関連というのが薫らしい。

事務局で許可を取った後は、好きに見て回ってもいいとのこと。校舎内を散策しながら教室を覗《のぞ》き、食堂や図書室、グラウンドに武道場など一通り見て回る。

「すごいね、やっぱり。中学とは規模が違うよ」

「うん、本当に。あっ、ベンチあるし少し休む？」

「賛成。さすがに疲れちゃったや」

最後に裏庭へ訪れた二人は、途中の自販機で買ったジュースを片手にベンチで休憩することにした。

結構歩いたから足が疲れた。喉を潤しつつ、立ち並ぶ木々を眺める。裏庭には桜の木が植えられている。きっと春になれば、満開の桜と暖かな日差しで心地よい空間になるのだろう。できればその頃には、生徒としてここへ来たいと思う。下見は正解だった。みやかも薫も、勉強を頑張ろうと気持ちを新たにすることができた。

「ねね、そういえばさ、なんでこの高校にするって決めたの？」

「今さらその質問？　薫もここの入試受けるのに？」

「あはは、私はみやかちゃんと同じ高校に行きたいってだけだったし」

もともと戻川高校を希望していたのはみやかだった。薫は友達と同じ高校に行きたいと決めただけで、この学校にこだわる理由はない。みやかは成績を考えればもう少し上のランクも狙えたが、敢《あ》えて戻川高校を選んだ。

「……昔話、かな」

薫は小首を傾げている。予想通りの反応に、みやかは微笑《ほほえ》んで視線を空に向けた。

「うちの神社、江戸の頃はここにあったんだって」

「えっ、そうなの？」

「うん。ほら、この高校って高台にあるでしょ？　戻川が氾濫しても被害が少ないから、葛野市《かどのし》がまだタタラ場だった頃はここに神社があったみたい。昔の集落だと神社とか神職って、下手したら村長よりも権力があったってお母さんが言ってた」

実のところみやかは、そういった古い話や歴史にはあまり興味がない。一応、甚太《じんた》神社の名前の謂《いわ》れくらいは知っているが、何故巫女《みこ》を「いつきひめ」と呼ぶのか、娘には「夜」の文字をつけなければならないのか、自分の家に伝わる伝承さえあやふやだった。ただ、以前志望校の話をした時に、かつて戻川高校のある高台にいつきひめの社《やしろ》があったと母親が教えてくれた。

「へぇ、じゃあもしかして、この高校ってみやかちゃんの家の土地だったりするの？」

「まさか。集落の神社は皆のものだからね」

「なんだ、残念。でも、なんで移動しちゃったの？」

「さあ、それはよく分からないけど。昔話だと社が鬼に襲われて、それから今の甚太神社って名前にすると同時に場所を変えたんだって」

　鬼が実在したとは思っていない。鬼というのは寓意で、事故とか災害などが降りかかり、ここでは縁起が悪いというような理由で移転したくらいが妥当か。案外、「学校を作るから場所を空けてくれ」と県に言われたのかもしれない。地震や河川の氾濫があると学校は避難場所になる。それにこの高台が適していたから無理矢理移動させられることになった、というのは結構当たっている気がする。

「じゃあこの高校選んだのって、それが理由？」

「うん。お母さんに聞いてから、ちょっと興味はあったんだ。昔、私のご先祖様がいた場所。縁があるって言えばそうだし、通ってみたいなぁって思ったの。学力がそこそこでも行けるわりに設備もいいしね」

「そこそこって言っても、私にとってはかなり上だよ」

真面目な話を続けていたが、薫の愚痴のおかげで肩の力が抜けた。お互い顔を見合わせて笑い合う。

「じゃ、休憩も済んだしそろそろ行こうか」

「そうだね、あ！　私、部活とかもちょっと覗いてみたい！」

「そっか、じゃあ……」

みやか達は再び見学へと戻った。神社の話はもう話題に上がらない。十五歳の女の子たちにとっては退屈な内容だった。

大切なのはこれからのこと。しっかりと勉強をして、今度は入試に合格してここへ来るのだ。決意を新たにするが、今は少しだけ心浮かれている。春に通う時のことを想像しながら、その後も二人ではしゃいで一日が終わった。

入学試験まであと少し。多少の不安はあるが、少女たちの目は希望に満ちていた。

◆

みやか達が戻川高校の見学をした翌日のこと。

葛野《かどの》甚夜《じんや》は慣れない学生服に袖を通し、戻川高校を見学していた。彼の目的も同じだ。葛野市に移り住んでからまだ日数は経っていないが、いずれ自身が通う高校を見ておきたかった。

裏庭に立ち並ぶ花も葉もない桜の木にそっと触れる。

「ここも、随分変わってしまった」

『時の流れは残酷だ。百年の後、ここはお主の知っている場所ではなくなっているだろう。人も景色も、鬼程長くあることはできない』

かつて集落の長はそう言っていた。今さらながらにその意味を思い知る。

百七十年近い歳月が過ぎ、帰ってきた故郷にあの頃の面影はない。東京と比べればまだ木々は多く残っており、都会とは言い難い。それでもコンクリートの建物を眺め、アスファルトで舗装された道を踏みしめると奇妙な感覚に襲われる。高台にはかつて、いつきひめの社があった。葛野に繁栄をもたらす女神マヒル様を祀《まつ》った社、いつきひめが代々守ってきた神がおわすところ。しかし、今ここには学校がある。そのことを誰も疑問には思わない。

ここには誰もいない。白雪《しらゆき》もちとせも、集落の民も清正《きよまさ》や長も、憎々しくも愛しいあれもいなかった。人は長く生きられない。初めから分かっていたはずなのに、一人取り残されたような気持ちになってしまう。

「少し、寂しいな」

そう素直に認められたのは、一人ではないからだろう。『暦座《こよみざ》キネマ館』や『古結堂《こげつどう》』の皆、偶然にも得られた幾らかの知己。多くを失ったが、支えてくれる大切な人々がいる。憎しみに囚《とら》われた道行きでも、その途中で拾って来たものは決して間違いではない。今では自身を濁らせる余分さえ愛おしく思える。だから寂しいのは事実だが、目を瞑《つぶ》らないで済んだ。

見るべきものは見た。もうここにいる必要もないと学校を後にした。

昔話に語られた、『姫と青鬼』の話を知っている人はどれくらいいるだろう。

葛野甚夜は故郷である兵庫県葛野市へと戻った。彼が生まれた頃にはまだ兵庫県はなく、葛野もタタラ場として栄えていた。それが今では砂鉄が採れなくなり、包丁など鉄製品が名物の、のんびりした雰囲気の地方都市になった。昔の面影は見出せないが、それでも気が遠くなるくらいの歳月を積み重ね、始まりの場所に帰ってきたのだと実感する。

「あと一年……」

遠《とお》見《み》の鬼に予言された鬼神降臨の年は目前に差し迫っている。葛野を旅立つ時には遠いと思われた、マガツメとの再会の時が訪れようとしていた。

結局、百七十年という歳月をかけても胸にある憎しみは消えてくれなかった。だが、答えを出すことはできた。後はあの娘と対《たい》峙《じ》するだけ。だから甚夜は葛野市へと住居を移し、戻川高校への入学準備を進めることにしたのだ。

高校に通う羽目になったのは家族の悪戯《いたずら》のおかげだ。予言の通りであればマガツメが現れるのはいつきひめの社、つまり戻川高校。ならせっかくだし楽しめばいいと、藤《とう》堂《どう》の子や孫たちが手配してくれたのだ。以前とは違い、それを受け入れるだけの余裕があった。

学校を離れ、今度は旧知の家に向かう。ひょんなことから縁を持った古結堂との交流は今も続いている。今の店主である七《なな》緒《お》から姫川やよいが葛野市で暮らしていると聞き、久しぶりに顔を見に行くつもりだった。

「あの二人が今では夫婦とは」

高森啓人《たかもりけいと》……婿養子に入ったと聞いたから、今は姫川啓人か。七緒が言うには今でも妻のやよいが大好きで、ことあるごとにのろけてくるらしい。

小さい頃、やよいは毎年夏休みには浅草に来ていたが、成長するとその機会は減った。啓人も進学して他県に移った。やよいが筆まめだったため、その後も甚夜は彼女と手紙のやりとりをしていた。ただ、最後に顔を合わせてから二十年近く経っている。鬼となった彼の感覚では短いが、人間にしてみれば相当長い年月だ。不義理だと反省し、七緒の手描き地図を片手に街を歩く。

古い友人に会いに行く。甚夜にしてみればその程度の気軽な用事だった。だから、まさかそこに七緒が小さな悪戯を仕込んでいるなど、彼は予想もしていなかった。

地図に描かれた場所へと辿り着き、甚夜は目を見開いた。

「ここが……」

やよいの家が神社で、啓人が婿養子になり宮司となったことは知っていたが、足を運ぶのは今回が初めてだった。観光スポットになるような大社と比べれば地味ではあるが、邸宅が隣接して神職が常駐する、それなりの規模の神社だ。

長く続く石段をゆっくりと踏み締め上っていく。辿り着いた境内《けいだい》は、桜の木が立ち並んでいる。石畳が綺麗に清掃されていて、清廉とした印象を受ける心地よい場所だった。

石畳の上を、若い娘が竹箒《たけぼうき》を手に掃き掃除をしている。巫女装束を着ているので、この神社の関係者だろう。色素が薄く茶に見える長い髪。巫女と言えば黒髪だと思っていたから、少し意外に感じて少女を見つめれば、その顔立ちにわずかながら目を細める。

　横顔には幼いやよいの面影があった。もしかすると娘だろうか。

「貴女は、ここの巫女ですか？　少し聞きたいのですが」

　甚夜が声をかけると、顔をあげた少女は不思議そうにしていた。その反応が妙に懐かしい。しかし、返ってきた言葉にいきなり心臓を掴《つか》まれることになった。

「いえ、巫女じゃなくて、いつきひめです」

　つまり、偶然の出会いではなかったのだ。

　吉隠《よなばり》は本木宗司《もときそうし》に知りうる限りすべての鬼喰らいの情報を与え、それは復讐のために子や孫に受け継がれた。おそらく甚夜が考える以上に、柚原青葉《ゆのはらあおば》は細かな事情を知っていたのだろう。だから青葉はサプライズを仕掛けようと考えた。大仰なことではない。神社の名前と、今もいつきひめという呼称を用いているという二点を隠しただけだ。たったそれだけのことが、甚夜に大きな衝撃を与えた。

「いつき、ひめ？」

　止まった心を無理矢理動かし、どうにか声を絞り出す。少女は甚夜の態度になんの疑問も抱いていないようだ。慣れているといった様子なのは、巫女をいつきひめと呼ぶことを参拝客のほとんどが知らないからだろう。そのため説明にも淀みがない。

「この神社では巫女のことをそう呼びます。正確な理由は分かりませんが、昔からの習わしだそうです」

彼女は詳細を知らないようだが甚夜は覚えている。

忘れるはずがなかった。

「そう、ですか」

葛野において巫女が姫と呼ばれるのは、身分としての意味ではない。正確に言うならば「いつきひめ」とは「斎《いつき》の火女《ひめ》」、火の神に奉仕する未婚の少女を指す言葉であった。時代が下るに連れてその意味は薄れ、いつきひめは単純に火の神に祈りを捧げる神職という意味へと変化した。

それも終わりを迎える。

突如、社を襲撃した鬼にいつきひめ白雪は殺された。そこで火女の血筋は絶えたが、甚夜が葛野を出た後、ちとせが次のいつきひめに任命されて新しい神社に勤めることとなる。

「すみません……この神社は、なんというのですか？」

硬い声で問いかけながら、脳裏に浮かぶのは懐かしい思い出だ。甚夜が旅立つ際、集落の宝刀である夜来《やらい》を託した長は確かに言っていた。

『そうだな、お主が長い年月の果てに葛野へ戻ってくると言うのなら、神社の一つでも建てようか』

『神社、ですか？』

『神社の名は……』

「はい。甚太《じんた》神社と言います」

少女が口にするその名称を、ずっと前から知っていた。

「そう、か」

目を瞑り、静かに一筋の涙を零《こぼ》す。

ああ、そうか。だから、〝姫川〟なのか。甚夜はその苗字に込められた意味を察した。それも長の悪戯なのだろう。

「長……貴方は、本当に私の帰る場所を守り抜いてくださったのですね」

長の言葉の意味に、あの頃は気付かなかった。目の前のことさえ覚束ないのだ。百年先など想像もできなかった。けれど長にはこれが見えており、再会を演出しようと多くの習わしを作った。自身が死んだならば子供に、そして孫に。伝統を積み重ねて、この美しい景色を紡いできてくれた。それがどうしようもなく嬉しい。

　誰もいないと、一人取り残されたと感じていた。しかし違った。帰る場所も、帰りを待っていてくれる人も失ってはいなかった。あの頃の想いは、今もここにあってくれたのだ。

「ありがとうございました。では、失礼します」

甚夜は柔らかな声で別れを告げた。

そっと自身の胸に手を当てる。とくんと脈を打つ。人とは違う時間を刻む心臓は、しかしあの頃と変わらぬ熱を帯びていた。

「え？　聞きたいことがあったんじゃ」

困惑する少女をじっと見つめる。巫女装束を着た幼さの残る少女はまるで花を思わせる。彼女は姫川の娘。遠い日の雪が咲かせた一輪の花だ。

「もう聞けました。貴女は、私が聞きたかった言葉を運んできてくれた」

穏やかに笑みを落とし、甚夜は姫川の娘に背を向けた。

名残惜しいがいつまでもここにはいられない。そのまま振り返ることなく境内を後にする。学校で感じた寂寞《せきばく》は完全に消え去り、足取りにも迷いはない。

本当はやよい達に会うつもりだったが、泣き顔ではちと恥ずかしい。また会えるのだ、楽しみは次の機会にとっておこう。

なにより今は、胸に灯ったあたたかさをもう少しだけ感じていたかった。


始まりから遠く離れ、原初の想いも輪郭を失くし、水泡《みなわ》の日々は弾けて消えた。

変わらないものなどどこにもないが、小さな欠片《かけら》が残ってくれた。

逢ふ日遥けし。

気が遠くなるくらいの歳月を踏み越えて、甚夜はようやく始まりの場所に辿り着いた。

歪《いびつ》なるもの

1

世の中にはルールがある。

社会通念、常識など。破ってはいけない規範というものは明文化されずとも存在している。そして同時に、誰にも知られないところにもルールというべきものは確かに存在する。それは往々にして理不尽で、どうしようもなく不合理で、怖気《おぞけ》がするくらいに不気味で残虐だ。

大抵の説話において、触れてはいけないモノに触れてしまった人間は無残な最期を遂げる。

だから多分、姫川みやかはルールに触れてしまったのだろう。

放課後の通学路、少しずつ風の冷たさは和らいできている。街路樹も葉をつけ、花開く時期を今か今かと待ち望んでいるかのようだ。

中学生活も残すところあと一週間。姫川みやかは薫と一緒に帰宅する途中、妙に感傷的な気分で木々を眺める。三年間通った道で今まで大して意識をしてはいなかったが、橙《だいだい》色に染まる風景には感慨深いものがある。

「卒業式まであとちょっとだね」

「そうだね」

それは卒業が近付き、この道を通うこともなくなると思うからだろう。見慣れた何の変哲もない通学路にさえ染み渡るような趣が感じられた。

兵庫県葛野市では、公立高校の入試は中学の卒業式よりも遅い。卒業式を終えてからが本番だとは分かっているが、通い慣れた中学やクラスの皆とのお別れを考えればやはり寂しくなってしまう。

「改めて思うと、中学も楽しかったよね。そう言えば、みやかちゃん高校でもバスケ続けるの？」

「ううん、あんまり続ける気はないかな。バイトとかしてみたいし、家のこともあるし。部活は文化部に名前だけ置いておくくらいだと思う。……入試はまだなんだから、こんなこと言うのもなんだけど」

「そだね。ああ、やっぱり不安だなぁ」

遠くを見つめる薫も同じような心境なのだろう。入試への不安に高校生活への期待と、長かったようで短かった三年間への淡い未練。それを上手く表現できない二人は、代わりにお互い顔を見合わせて曖昧に微笑んだ。

「なに湿っぽい顔してんの、あんたたちは！」

しんみりとした雰囲気は続かない。いきなり声をかけられたかと思えば、ばしん、と乾いた音が響きわたるほど強烈な一撃に暗い空気が霧散した。背中を思い切り平手打ちされて、その衝撃に耐え切れずみやかはタタラを踏んでしまった。

驚き過ぎて心臓が鳴っている。振り返れば、そこにはしてやったりとほくそ笑む、赤ん坊を抱いた妙齢の女性の姿があった。

「久しぶり」

「白峰《しらみね》先生！」

白峰八千枝《やちえ》。年の頃は二十代後半で、短めの髪の長身細身。明るくきっぷのいいこの女教師は、みやか達が中学一年生だった時の担任である。今は育児休暇の最中で学校には来ていない。こうやって会うのは久しぶりだった。

「先生、すごい久しぶり！　どうしたんですか、こんなところで？　あっ、この子もしかして先生の⁉」

「落ち着きなさいって。翔《しょう》っていうの。正真正銘、私の息子よ」

「あはは、先生ってば。翔だけに正真正銘？」

「そんなつもりまったくなかったけどね」

八千枝はいい意味で女を感じさせない教師だった。男勝りという程ではないが、外見を飾ることはあまりしないし化粧も最低限、選ぶ服装も男性的なものが多く、細かいことにこだらない大雑把な性格をしている。そういう気質が受けて、八千枝は男女問わず生徒に慕われていた。

「わあ、赤ちゃんかわいい。翔くん、こんにちは」

「ふふ、だろ。夜中はちょっと騒がしいけどね」

「先生、まるでお母さんみたい」

「まるでも何もお母さんだっての」

彼女が赤ん坊に向けている笑みは母の表情だ。違和感を覚えると同時によく似合っていて、なんとなく不思議な感覚だ。みやかの母であるやよいとはタイプが違うけれど、やはり八千枝もちゃんと母親だった。

「お久しぶりです、白峰先生」

「うん、久しぶり姫川。あんたも元気だった？」

「はい、おかげさまで」

「相変わらず落ち着いてるね。梓屋にも見習って欲しいもんだ」

「あんまり顔に出ないだけです。あと、薫のあれはいいところだとも思いますし」

「ははっ、確かに。仲のよさも相変わらずみたいだね」

八千枝の飾らない笑みもまた、以前と変わっていなかった。

入学当初、右も左も分からなかった頃に八千枝には随分とお世話になった。落ち着いているといえば聞こえはいいが、感情表現が苦手で不愛想に見られがちなみやかを、彼女がさりげなく気遣ってくれていたことをよく覚えている。今の担任は正直あまり好きではないし、恩師はと聞かれたら一番に出てくるのはやはり白峰八千枝だろう。薫ほどストレートに好意は示せないが、みやかも久々の再会を喜んでいた。

「ねえ、先生。学校になんか用事だったの？」

「あっ、そろそろ卒業式でしょう？　休職中とはいえあんたらの門出だから、ちょっとくらいはと思ってさ。その辺の話をいろいろと」

「でしたら、もしかして卒業式に来てくださるんですか？」

「ま、そういうこと」

　教職に復帰するのは来年度からの予定だが、受け持った生徒達の卒業式には参加したい。その旨を学校側に伝えた帰り、偶然にもみやか達を見つけて声をかけてくれたということらしい。いきなり背を叩かれて驚かされたが、八千枝が卒業式に来てくれるというのは嬉しい驚きだ。薫も子供のように諸手を挙げて喜び、はしゃいでいる。

「ほんとですか？　やった！」

「大げさだねぇ」

　そんなことはないです。みやかもそう言おうとしたが、そこまではっきりと好意を示すのは恥ずかしくて、結局何も言えなかった。

　目が合うと八千枝がきっぷのいい笑顔を見せてくれた。多分飲み込んだ言葉は見通されているのだろう。

「先生、暇なら遊びに行こうよ」

「あのね、梓屋。この子抱いたまま行くわけないでしょうが。それに最近物騒なんだから、あんまり遅くならないように帰りなさい」

「えー」

「薫、あんまり無理を言ったら駄目」

卒業式まであと一週間。入試を控えて不安はあるけれど、それでも楽しみだと思えることが一つ増えた。

橙色に染まる通学路。過《よぎ》る寂しさが少しだけ軽くなった、夕暮れのことだった。

そしてその日、梓屋薫は姿を消した。

八千枝が物騒だと語ったのは、ここ一か月の間に葛野市で起こった通り魔事件のことである。被害者は四人。全て刃物で切られて死亡するという残虐な事件はいまだ犯人が捕まっておらず、連日ニュースやワイドショーを騒がせている。

犯人については、コートを着た女性が現場で目撃されたというわずかな情報しかなく捜査は難航している。小学校や中学校でも、夜間の外出を控えるよう教師から厳重に注意されていた。

「……もしも梓屋のことを見かけたら、学校に報告して欲しい」

ホームルームの終わりに重々しく担任教師は言った。

薫が失踪してから丸一日経っている。通り魔事件のこともあり、学校側は事態を重く見ていた。有り体に言えば、梓屋薫は既に死んでいるのではないかと考えているのだ。見かけたら報告をと言いながら、どこか胡乱《うろん》とした目つきなのはそういう理由だろう。事件の渦中に巻き込まれ、面倒くさいことになったとでも言いたげだ。

「ねぇねぇ、梓屋さんさ」

「やっぱり……だよねぇ」

「例の通り魔、まだ捕まってないらしいし」

クラスメイトは、好き勝手に確証もないことを垂れ流している。勿論《もちろん》心配しているからこそ暗い顔で話している女子も多いが、中には好奇心からか、にやにやと面白そうに語る男子もいる。

みやかは奥歯を噛み締めて表情を歪めた。周囲の態度に苛立《いらだ》つと共に、親友の安否に不安を覚えて俯《うつむ》いてしまう。八千枝とひとしきり話して、二人で「また明日」なんて言いながら別れた。明日また会えると思っていたのに。

握りしめた掌に爪が食い込む。痛みなんてどうでもよくなるくらいに、みやかの胸中は濁り切っていた。

放課後、日が暮れるまで街を探し回ったが、薫は見つからなかった。


姫川みやかの家は江戸時代から続く由緒ある神社だ。併設する自宅は外観こそ和式の平屋だが、中身は現代風の造りとなっている。

祖父母は啓人に宮司を任せた後、別のところで悠々自適に暮らすと言って、甚太神社から程ない距離に新居を構えた。その後、啓人が祖父母の許可を取って、生まれてくるみやかのためにリフォームを提案したらしい。しかし神社の方には手が入っておらず、知識のないみやかでも相応の威厳を感じられるくらいの古いながらに丁寧な造りとなっている。

鳥居を潜《くぐ》れば、片目が潰れて片足のない狛犬《こまいぬ》二匹が迎えてくれる。奥に鎮座する社殿、そこへ通ずる参道には燈籠《とうろう》。境内には桜の木が立ち並び、薄紅の花が咲き誇る。燈籠に火を灯した春夜の景色は「典雅にして優美」とマイナーな民俗学の本に記される程だった。

しかし日が落ちて夜になると、おどろおどろしい雰囲気がある。現在の心境も相まってか、誰もいない真っ暗な神社に嫌なものを感じ、みやかは小さく肩を震わせた。

帰宅して夕食をとったが喉を通らない。散々歩き回ったのに空腹を感じなかった。

「ごちそうさま」

「みやかちゃん、大丈夫？」

「……お母さん、ありがと。大丈夫、だから」

「薫ちゃんのこと、啓人さんも捜してくれているから。あまり無理しないで今日は休んで」

「うん……」

体以上に心が重い。薫が行きそうな場所へ足を運んだが、彼女の姿はどこにもなかった。

夕食にほとんど手を付けず顔色もすぐれないみやかを、やよいが心配そうに見つめている。幼い子供にするような手つきでその頭を優しく撫《な》で、せめて体を休めて欲しいと促す。

みやかの父親の啓人は職業柄、顔が広い。いなくなった薫の話を聞いた途端、すぐに家を出て地域住民に捜索を願い出た。愛娘の親友であり、父にとっても面識のある相手だ。みやかが思っていた以上に、父は真剣に事態と向き合ってくれた。

それでも不安は消えない。巷《ちまた》をにぎわせている通り魔事件。次にニュースを見た時、その被害者が五人に増えていたら。報道される名前に聞き覚えがあったら。ぞわぞわと虫のように湧き上がる恐怖が全身を這い回っている。

「心配する気持ちは分かるわ。でも、貴女が倒れちゃったら仕方ないでしょう？　今日はお風呂に入ってもう寝ましょう。捜すのは、また明日。ね？」

「……うん」

　母は優しい。無責任な慰めは言わない人だ。みやかは感謝して言葉に従った。

　お風呂に入れば、じんわりとした温かさが体の芯に染み込んでくる。自分で思っていたよりも疲れていたらしい。目を瞑《つぶ》るとそのままお湯に溶けてしまいそうなくらいだ。いつもよりも二十分以上長湯をして、のぼせかけの頭で湯船から出る。よほど心配だったのか、「髪乾かしてあげる」と母が脱衣所で待っていた。

　そこからはなすがままだ。髪を乾かしてもらい少し居間で休んでいると、ハチミツ入りのホットミルクを用意してくれた。少しでもよく眠れるように、ということだろう。

「お母さん、ありがとう」

「ううん。さあ、ゆっくり休んで」

　母には一生勝てないと思わされる。同時に、この人の娘でよかったとも。勿論、率先して動いてくれる父に対しても同じ気持ちだった。ホットミルクを飲んで人心地つくと眠気も少し出てきたので、そのままのろのろと自室へと戻った。

　みやかは薫とは違って、自室にぬいぐるみを飾ったりピンクの小物を置いたりはしない。年頃の女の子にしては簡素な部屋だ。部屋の大部分を占めるベッドに、倒れ込むように寝転がる。

無事でいて欲しい。そう考えながらも疲れは限界まできていたようだ。意識は一瞬で眠りに落ちた。


ぴちゃん、と水音が聞こえたような。

多分、気のせいだろう。元となる水なんてこの部屋にはない。

いつもより早く寝たせいで、みやかは夜中ふと目を覚ましてしまった。

妙に喉が渇いている。もぞもぞとベッドから出て、何か飲もうと台所へ向かう。

ぎしり、ぎしり。普段とは違い、床がやけに軋《きし》んでいる。廊下を歩いていると、リビングの方から光が漏れていることに気付く。加えて、ざざ、とノイズが聞こえてきた。

みやかは、「ああ、またか」と溜息を吐いた。

前にも一度あった。夜中に水を飲もうと起きた時、父がテレビを点けたままリビングで眠っていたのだ。おそらくは今回もそうだろう。けれど、父も薫を捜索するために骨を折ってくれた。今日は疲れているのだから責めるのはかわいそうだ。どうせ台所にはリビングを通らないと行けない。ついでだし一声かけておこう、そう思って足を踏み入れる。

「……あれ?」

テレビは点いているが、父の姿はなかった。もう放送時間が終了したテレビ画面には、カラーバーが映し出されているだけ。どうやら単なる消し忘れのようだ。電源を消そうと近付く。すると、ぶつりと突如画面が切り替わった。

みやかは思わず肩を震わせた。薄暗い画面には、ゴミ処理場のような施設が映っている。一緒になって流れる音楽も不気味で不安感を煽る。伸ばした手を動かすこともできず固まっていると、テレビからは濁ったような、男か女かも分からない低い声が聞こえてきた。

『こんばんは、NNN臨時放送です』

《NNN臨時放送》

かつてネット上で話題になった、「国営放送の放送終了後に謎の映像が流れる」という都市伝説である。

深夜2時30分頃にテレビを点けると、そこには当然のようにカラーバーが映っている。やっぱりこの時間は放送してないな。諦めて寝ようとした時、放送終了後のカラーバーが突然消え、画面が切り替わってゴミ処理場が映し出される。同時に流れる暗く不気味なクラシック音楽。そしてテロップには「NNN臨時放送」の文字が。

ひたすら処理場を遠景で映し続けたあと、しばらくすると音楽と共に人の名がスタッフロールのようにせり上がってくる。ナレーターはそれを抑揚なく読み上げる。あまりにも淡々とした声。五分ほど続いただろうか、最後にナレーターはこう言った。

『明日の犠牲者はこの方々です、おやすみなさい』

番組の名前は「明日の犠牲者」。読んで字の如く、明日犠牲になって命を落とす人間の名前を挙げていくというものである。

勿論そのような臨時放送が流れたという記録はなく、結局この番組の真偽は不明のまま。ただ、確かにごく少数ではあるが、これを見たという者は存在している。

深夜のテレビに映し出される、明日の死を告げる都市伝説である。


淡々と無感情に、抑揚なく名前が読み上げられ始める。

みやかは動けない。人名は五十音順に並んでいる。だから当然、最初に呼ばれるのはア行の苗字だ。NNN臨時放送は明日の犠牲者を告げる。始まりは「あ」の付く人物、梓屋薫。崩れたテロップの文字が、なんの感情も込められていない声が、確かにみやかの親友の名を示した。

幾多の名前が次々に流れる。脂汗がひどい、呼吸が荒れる。なんだ、これは。頭の中がぐちゃぐちゃに攪拌《かくはん》されているような気分だ。そして、「姫川みやか」と自分の名前が出てきた時、みやかは耐え切れず膝から崩れ落ちた。

得体の知れない恐怖に支配されて体に力が入らない。それでもテレビから視線を外すことはできず、ただ茫然と画面を眺める。浮かぶ疑問は形にならず、なったところで答える者はいない。深夜のリビングでは、無情なまでに「明日の犠牲者」だけが流れ続けている。

『以上がぁ明日のぉ……被害者でぇす。それでは、おやすぅみぃ、なさぁいぃぃぃぃ』

そうして最後に、歪んだ声がリビングに響き。

『イヒヒヒァヒヒヒァ‼』

奇妙な怪人の青白い顔のアップが画面いっぱいに広がる。そこで電源ボタンを押していないにもかかわらず、ぶつんとテレビの画面が勝手に消えた。

翌朝、みやかは自分の部屋のベッドで目を覚ました。

昨夜はあのまま意識を失ってしまった。父母に確認したが、運んでくれたわけではないらしい。たぶん自分で部屋まで戻ったのだろう。いつもと同じように登校するが、やはり親友である梓屋薫の姿はなかった。

「ああ、それ知ってる。ＮＮＮ臨時放送ってやつでしょ。ネットで見たことあるよ」

「ＮＮＮ臨時放送？」

「そ、都市伝説ってやつ。まあ、実際はどっかの馬鹿の創作でしょ」

昼休みにクラスの友人と昼食をとりながら、さりげなく昨夜のことを話題に出した。すると女子の一人が「ＮＮＮ臨時放送」なる都市伝説を語って聞かせてくれた。

曰《いわ》く、明日死ぬ人間の名を放送する番組。有名だが実際には単なる創作で、多くは動画投稿サイトにアップされた作りものであるという。みやかの話も「ネットでこんなものを見た」程度で認識しているようだった。

作り話だと言われても、あの映像を見た時の恐怖はしっかりと残っている。あれは夢で片づけられるようなものではない。臨時放送が流れた時、既に日付は変わっていた。もしも宣告が正しいのならば、明日の深夜までにみやかと薫は死ぬ。

「……そっか、いろいろ教えてくれてありがと」

「どういたしまして。ってか、姫川さんホラー好きなの？」

「そんなことないかな。どちらかというと、ハッピーエンドの方が好き」

「えっ？　てっ、ちょ。姫川さんどこ行くの⁉」

呼び止めるクラスメイトの声も耳には入らない。親友の危機に冷静さを失ったみやかは、気付けば学校を飛び出していた。


思い当たるところを全部回り足を棒にしたが、梓屋薫は見つからない。夕暮れも過ぎて、空は既に藍色に変わっている。昔、黄昏時《たそがれどき》は妖怪が出る時間なのだと母が教えてくれた。どうでもいいことを思い出したのは何故だろうか。

戻川高校のすぐ近くに位置する戻川南駅は、彼女の生活圏内で一番大きな駅だ。人通りも多く、もしも単なる家出なら駅を利用するかもしれないと思ったが、それも無駄足に終わった。ただ、薫の代わりに通りかかった八千枝に声をかけられた。

「こら、不良少女。なにしてるの」

「白峰先生……」

「聞いたわよ、今日学校抜け出したんだって？」

呆れと心配が混じったような表情だ。白峰八千枝はみやかの頭を軽く突き、そのままそっと優しく撫でる。気が緩んだせいだろう。じわり、とみやかの瞳が涙で滲《にじ》んだ。

「聞いたよ、梓屋のこと。けど、もう夜の11時だよ。探すのはいいけど、こんな夜遅くに出歩くのは認められない」

「でも、薫が」

「言いわけは聞かない。最近物騒だって言ったでしょう。ミイラ取りがミイラになったらどうするの」

　みやかの発言を遮り、手付きとは正反対に強く否定する。心配してくれるのは分かるが、素直には受け入れられない。みやかは手を振り払うこともできずに、ただ俯いた。

「今日は帰りなさい。私も捜してあげるから」

「でも」

「でもじゃない。私にも、今のあんたと同じ気持ちを味わわせるつもり？」

　そう言われては何も返せない。みやかはおずおずと頷いた。

「安心しなさい、とは言ってやれないけれど。あんたの代わりにできることは私がするから、今日は家に帰りなさい」

「……はい」

　小さくお辞儀をして、重い足取りでみやかは駅前から離れた。

　偶然八千枝とここで出会ったのは、おそらく彼女も薫を探していたからだ。短い付き合いしかなかった生徒のために、そこまでしてくれることに感謝はしている。それでも不安は拭い切れなかった。

約束通りみやかは帰路についた。きょろきょろと辺りを見回しながら歩くのは、もしかしたらという希望を捨てられないからだ。

「どこにいるのよ、薫……」

泣きそうになりながら、あちらこちらに視線をさ迷わせる。帰り道の途中に、もう少しだけ捜そうと回り道をした。それが、いけなかった。

甚太神社への帰り道の途中には「みさき公園」と呼ばれる場所がある。昼間は子供達が遊び、近所の奥様方が立ち話に興じる普通の公園だ。余計な時間を使ったせいで、そこを通り過ぎようとする頃にちょうど午前0時を過ぎた。予告された、彼女達が死ぬ日となってしまったのだ。

不意に風が吹く。まるで金属を押し付けられたような、ひどく冷たい風だった。

気付けば前方に人影があった。それは明確に、みやかの方へ向かって歩き始める。

思わず立ち止まってしまった。すれ違えばいいだけなのに、何故か足が動かない。公園の電灯に照らし出されたのは、白いコートに白いブーツを穿いた女性だ。

心臓がどくりと鳴った。

女はどんどんと近付いてくる。ぼさぼさの髪をした女の顔は大きなマスクで覆われている。正確な容姿を窺《うかが》い知ることはできないが、みやかはひどく動揺した。面識はないが、彼女のことをちゃんと知っていたからだ。女のコートはところどころ赤黒い汚れが付いており、手には錆びついた鎌が握られていた。

逃げないと。そう思うのに、金縛りにあったように全身が固まっている。

女は一歩一歩近付いてくる。

通り魔事件の現場で、コートを着た女性が目撃された。情報がかみ合った時には、もう遅かった。マスクの女はこちらを見下ろし、お決まりのフレーズを口にする。

『ワタシ、キレイ?』

たぶん、どこかで失敗したのだろう。そのせいで人ならざるものの領域に足を踏み入れてしまったのだと、みやかは今さら気付いた。

2

《口裂け女》

夕暮れ時のことである。

学校帰りの子供に、白い大きなマスクをした若い女性が訊ねてくる。

『ワタシ、キレイ？』

女はマスクをしているが、色白でほっそりとした整った顔立ちをしている。だから子供は素直に答えた。

『うん、きれいだよ』

すると女はおもむろにマスクを外し、再度質問を投げかける。

『……コレデモ……？』

女の口は、耳元まで大きく裂けていた。

昭和五十四年の春から夏にかけて流布されて社会問題とまでなった、おそらくもっとも有名な怪人系都市伝説だ。

「きれい」と答えれば「お前も同じにしてやる」と鎌で口を裂かれて殺される、あるいは家までついて来られてあと一歩というところで殺される。「きれいじゃない」と答えれば、激昂《げきこう》して滅多切りにされる。

遭遇した時点でどう答えても殺される、極めて殺傷性の高い怪異だ。ただし地方・年代によって内容には差異があり、生き残るための対処法もいくつか存在している。

基本の流れこそほぼ変わらないが、なにをしても殺されるパターンだけではない。的確な答えを返せば生き残れる場合、そもそも殺されはしないなど、さまざまなバリエーションがある。服装は赤いコートや白いコート。手にする刃物は鎌にハサミ、包丁。他にも「三」という数字と関連性が強く、三姉妹であったり三の付く地名に出現するなど、その特徴は多岐にわたる。

口裂け女は昭和年代に流行し、現代まで語り継がれた都市伝説。歴史を積み重ねるうちに変化して多様性を持ち、結果多くの口裂け女が生まれることになった。その増殖は止《とど》まることを知らず、２００４年には韓国にも姿を現したという。ちなみに韓国に現れた口裂け女も、ちゃんと「ワタシ、キレイ？」と質問してくるらしい。

いかなる起源やパターンであっても、口裂け女は問いを投げかける。答えを求めて夕闇をさ迷う都市伝説の女。

つまり彼女の本質は、殺害よりも問いにある。

はらり、とマスクが外れる。女の顔を見て、みやかは小さく悲鳴を上げた。

彼女の口は耳の辺りまで大きく裂けていた。

『ワタシ、キレイ？』

口裂け女の存在を現実だと受け入れた瞬間、みやかは弾かれたように走り出した。意識しての行動ではない。恐怖で頭の中は真っ白になっており、気付けば体が動いていた。中学の三年間女子バスケをやっていた。普通の通り魔ならば置き去りにできる自信があった。

しかし、都市伝説は語っている。曰く、口裂け女は１００メートルを３秒で走る。質問に答えず逃げた者をどこまでも追いかけて殺す。

だからみやかの選択は最悪だった。圧倒的にスタートは早かったが、口裂け女の顔はすぐ近くにあった。

『ヒヒ、ア、ハァ』

「ひぃ……!?」

置き去りにしたはずの怪異が、尋常ではない速度で迫り並走している。

足がもつれ、みやかは無様に転んでしまった。準備運動もせず走り出したからか、あまりの恐怖のせいなのか。がくがくと足が震え、立ち上がることもできない。

視線の先には夜空と月、そして振り上げられた鎌が。街灯に照らされても刃は曇ったまま。錆はおそらく付着した血を放置したせいだ。自分はここで、あの鎌を曇らせる原因の一つとなる。滅多切りにされ、血を撒き散らして息絶える。都市伝説に語られる犠牲者と同じ末路を辿る。

にたり、と口裂け女の口が歪む。おそらくは笑ったのだろう。その理由は問うまでもない。愚かな少女の最期が見えたから堪《こら》えきれなかったのだ。

「あ、あ……」

腰を抜かしたまま後退《あとずさ》る姿は、さぞや滑稽だったろう。抵抗は程よい刺激だ。獲物の無駄なあがきは絶対的な捕獲者の自尊心を満たしてくれる。なぶるような真似には飽きたのか、ゆっくりとした動きが急に大きくなった。

殺される。そう確信したが、それを遮るように突然、中身がたっぷり詰まったビニール袋が飛んできて口裂け女の顔に直撃した。

「え……？」

奇妙な横槍にみやかは唖然《あぜん》とする。どこかの薬局で買ったものなのか、ビニール袋の中からミルクキャンディやヘアワックスが零《こぼ》れ落ちていた。結構な重さがあったようだが、ぶつけられた口裂け女に痛手はないようだ。

「みやかちゃん、大丈夫っ⁉」

聞き慣れた声に驚いた。小走りに駆け寄ってくるのは、この数日間に散々探し回った親友、梓屋薫だ。無事だったことを喜び、どうしてここにいるのか疑問を抱く。なにより、今は逃げてと伝えないと。色々な考えが浮かび過ぎて上手く反応できない。

みやかは、ただ一直線に走る薫の姿に目を奪われていた。だから口裂け女の無表情が激昂に変わり、自分の脳天に鎌が振るわれたことに気付けなかった。

きぃん、と甲高い鉄の音が響く。

「あ、れ……？」

しかし、それは届かなかった。

世の中には都合のいい幸運はいくつも転がっていない。そうと分かっているからみやかは口裂け女に遭遇した時、一目散に逃げ出した。追いつかれて転んだが、それでも逃げようとした無様な姿が怪異の興味を引いた。買い物袋をぶつけられて怯《ひる》み、ほんの少しだけ時間を得た。都合三度、姫川みやかは生き長らえた。だからこそ、彼が割り込むだけの時間が得られたのだろう。

「これも、縁というものかな」

口裂け女の一撃を刀で止めた男は感慨深そうに息を吐く。ようやく間に合った、と意味の分からない呟きが聞こえた。

「なんにせよ、いつきひめを守るのは巫女守《みこもり》の務めだろう」

突然のことに頭が追い付かない。いきなり現れた男は、確か前に少し話した参拝客だ。あの時の涙が印象的だったから覚えていた。

一呼吸おいて、ようやく状況が見えてくる。口裂け女はみやかを殺そうと斬りかかり、それをこの男が止めてくれた。高校生くらいの見た目なのに刀を振り回して化け物と戦っている。状況は見えてきても、やはり理解はできなかった。

「みやかちゃん、こっちこっち！」

「あ、え、かお、る？」

刀と鎌で鍔迫《つばぜ》り合いをするような形で男と怪異は睨《にら》み合う。その隙に傍まで来た薫は、みやかの腕を引っ張って無理矢理に助け起こそうとしている。非常事態だというのに、薫の所作はどこか危機感がなく、なんとなく子供っぽい。気が抜けたおかげで呼吸も整い、ようやく足が動くようになった。

ちらりと男が横目でこちらを見る。今のうちに早く、ということだろう。

まだ少し震えはあったが、みやか達はどうにか距離をとった。

空気が唸る。

こちらの安全を確認した途端、男の動きが変わった。まるで嵐のようだ。一太刀で命を刈り取る致死の技が幾度も繰り出される。それを口裂け女は手にした鎌で凌《しの》いでいた。

『ア、ギィ……!?』

「100メートルを3秒で走る、だったか。走る速さだけでなく、肉の運用もなかなかのものだ」

均衡は長くはもたない。戦況はすぐさま傾いた。信じられないことに、男の方にだ。

口裂け女は遭遇した者に問いを投げかけ、返答によって相手を殺害する極めて危険な怪異。どんなに逃げても逃げきれず、抵抗など意味もなく殺される。少なくとも都市伝説では、そう語られているはずだった。だというのに男は息も乱さず相手取る。人を刈る怪異が、今度は刈られる側に回っていた。

「よかったぁ、みやかちゃんが無事で」

「薫……じゃあ、さっきのは」

「あっ、袋投げたのは私だよ。口裂け女の弱点を準備してきたんだ。べっこう飴は売ってなかったから一番高いキャンディにしてみたの。あと、ポマードってよく分かんないから、とりあえず髪固めるのならなんでもいいかなって」

「ごめん、そこはもうちょっと頑張って欲しい。じゃなくて」

ここ数日姿をくらませていた親友は、傷もなく元気そうだった。これだけ心配させておいて本人はのほほんと笑っているのだから少しばかり引っ掛かるところはあるが、無事が確認できてよかった。落ち着いてきたからだろう、安堵がじんわりと胸の内に広がる。そして冷静になってきたからこそ、他事に気を回す余裕が生まれる。

薫は、口裂け女の弱点を準備してきたと言った。つまり、この子は口裂け女が存在していることを知っており、みやかが襲われるという状況をある程度予見していたのだ。その事実が普段の振る舞いから受ける印象とかけ離れていて、思わず彼女のことを見つめる。けれど肝心の薫は、みやかの疑問を察することなくきょとんとしていた。

「どしたの、みやかちゃん？」

「あ、うん。あの人、誰？　なんで知ってたの？」

「えっ？」

「だから、私が口裂け女に襲われてるって。知ってたから来てくれたんでしょ？」

ようやく合点がいったらしく、薫が朗らかに笑う。まだ男は口裂け女と戦っているというのに、随分と気を抜いている。

「えっと、実はちょっと違うというか。なんていうかね。私も助けられたんだ、葛野君に」

彼女はそう言って、繰り広げられる激しい戦いに目を向ける。先程から男の表情は全く見えない。どれだけ激しく動いても、彼は常にみやか達を背にして戦っていた。まかり間違っても口裂け女がこちらに来ないように。

同年代にしか見えない彼の後ろ姿は、薫の余裕も頷けるくらいに頼もしく見えた。

◆

失踪した当日。みやかや八千枝と別れた後、薫は白いコートをまとう女性と遭遇した。

ぼさぼさの長い髪、猫のような眼。手にした鎌、口元は大きなマスクで覆われている。

『ワタシ、キレイ？』

荒い息で女は問う。昭和に流行し、今なお語り継がれる都市伝説だ。薫も口裂け女の存在は知っていた。

まさか現実に存在するとは思わなかった。だが、ある程度の知識を持っていたため、薫は可能な限り無難な行動を選んだ。つまり何も答えず、明るく人通りが多い三の付かない場所に逃げることだ。都市伝説の内容に重ならない行動をとったのだ。

家には戻れない。学校には行けない。万が一にも友人や家族に被害を出したくはなかった。途中で携帯電話を落としてしまい、連絡が取れないまま薫は逃げ続けた。姿は見えないが、あの嫌な吐息が自分を追っているのは感じ取れた。

こうした経緯で梓屋薫は失踪したが、二日目になって状況が変わる。とにかく知人から離れようとしていた薫は夜の繁華街を歩いていた。その際、街頭テレビに映った見てはいけないものを見てしまった。

ＮＮＮ臨時放送――深夜のテレビに映し出される、明日の死を告げる都市伝説だ。こんなにも不気味なのに誰も目を向けようとしない。だから、それが超常のものだと理解できてしまった。その放送は、梓屋薫と姫川みやかが明日死ぬと予言した。おそらく再び口裂け女が姿を現すのだろう。同時に考えた。もしも予言が正しいのなら、明日になるまでは死なないのでは？

希望的観測に過ぎない。しかし親友のみやかにも危機が近付いていると知った以上、何もせずに怯えているわけにはいかなかった。

薫はなけなしの小遣いでカラオケ店に泊まった。思った以上に疲れていたのか、起きると既に昼を過ぎていた。寝すぎたことを反省しつつ改めて行動を開始する。けれど想像していたよりも早く怪異と遭遇してしまった。みやかや知人に連絡を取る前に、口裂け女は再び目の前に現れる。

『ワタシ、キレイ？』

その問いに薫は答えられなかった。今度は狙いがあったのではなく、単純に恐怖で口が動かなかった。綺麗だと答えれば、「同じようにしてやる」と殺される。貶《けな》しても結果は変わらない。ただ、答えなかった場合でも鎌で八つ裂きにされるケースは存在していた。

きっと今回はそういう結末が待っている。

はらり、マスクが落ちた。裂けた口を見せつけて笑い、怪異は鎌を振り上げた。

薫は恐怖に体を震わせる。

しかし幸運だったのは、二回目に関しては〝神出鬼没な口裂け女〟と遭遇したのではなかったことだ。この怪異は暗がりをさ迷って答えをくれる誰かを探す。今回に限っては薫を狙ったわけではなく、何者かに追われて逃げていた口裂け女と偶然出会ってしまっただけだったのだ。

だから口裂け女は薫の返答を待たず、追跡者が現れた瞬間、弾かれたように再び逃げ出した。口裂け女を追ってきたのは、葛野甚夜という男だった。凶悪な怪異を一太刀で追い払った彼は、薫を前にすると何故か動揺した。

『あさ、がお？』

『えっ？　朝顔？』

『ああ、いや。すまない、古い知人に似ていたから、少し驚いた』

今の薫は林《りん》檎《ご》飴《あめ》の天女《てんにょ》の話を知らない。だから知人に似ていたという言葉以上のことは、彼女には分からない。

男の言葉を不思議に思いつつ、薫は心から感謝して大きく頭を下げた。

『助けた、というわけではない。元々口裂け女を討つために動いていたんだ』

話を聞けば、甚夜は怪異を討つのが〝おしごと〟のようなものらしい。今回のターゲットは口裂け女。運よく追い詰めたものの、相手は危機を察するや逃げの一手。非常に足が速く、まんまと逃げられてしまったそうだ。そして追走の途中で偶然薫のところに辿り着き、結果として助けたような形になっただけだという。

『朝が……いや、違ったな。私は、葛野甚夜という。すまないが君の名前を教えてくれないか』

『あっ、ごめんね。梓屋薫です。あんまり歳も変わらなそうだし、葛野君でいい？』

『ああ、よろしく。梓屋』

互いに自己紹介を終えた後、薫は甚夜に頼み込む。

『初対面でお願いされても困ると思うけど、お願いします。みやかちゃんを助けてください！』

怪異と戦える男も十分に怪しいが、今は親友の無事が第一だ。力を貸して欲しい。聞き入れられないのなら、土下座をして「なんでもするから」と必死に請うつもりだった。

『ああ、構わないよ』

しかし甚夜は驚くくらい簡単に了承し、行動を共にすることになった。

そして予想通り口裂け女は姿を現し、彼は間一髪のところでみやかを救ってくれたのだ。

◆

ここに辿り着くまでの経緯を聞き終えると、みやかは小さく息を吐いた。

「なら家に帰らなかったのは」

「口裂け女からとにかく逃げてたの。家に戻ったり学校に行ったりすると、もしもの時に大変になっちゃうでしょ？　連絡できなくてごめんね」

オカルトに襲われた時に誰かに連絡を入れると、その人にも被害が及ぶというのは使い古された怪談話だ。確かに口裂け女が再び現れた時、学校や自宅だったら大変なことになる。この子なりに最善を尽くしていたというわけだ。

「そっか。……」

「ほんとに、ごめんなさい。心配、してくれたんだよね」

「当たり前でしょ、ばか。……でも、無事でよかった」

怒る気にはなれなかった。今は薫ともう一度会えたことが嬉しい。ぎこちなく微笑んだみやかは、ぎゅっと薫を抱きしめる。いきなり抱きつかれて驚いていたようだが、彼女は振り払ったり暴れたりはしなかった。

薫の手にも力が籠る。親友と思っている相手が、同じ気持ちでいてくれるのだと知れた。

『ギィイイイイ!?』

みやか達の触れ合いを邪魔するように口裂け女が金切り声をあげた。袈裟懸《けさが》けに放った甚夜の太刀が、怪異の皮膚を裂いて肉を斬る。しかし骨を断つとまではいかなかったようだ。致命傷を鎌で防ぎ、口裂け女は後ろへ退く。

「ねえ、みやかちゃん。もう少し離れた方がいいかな？」

「そう、かも」

自分達を守るために甚夜は戦ってくれている。だというのに何もできない。戦いを眺めながら、みやか達はさらに距離をとった。

改めて見ると、甚夜は非常に強い。刀一本で口裂け女と渡り合うどころか追い詰めている。戦況は一方的で彼の優位は揺らがない。素人目でも、あと一押しで決着がつくと分かった。

しかし甚夜は追撃の手をいったん止めた。みやかは奇妙に思ったが、疑問は一瞬で吹き飛ぶ。口裂け女がさらなる異形《いぎょう》へと変化し始めたからだ。

「……な、なに、あれ？」

薫の声に怯えが宿る。

ごきゃごきゃと気持ちの悪い音を立てながら、口裂け女の皮膚の下で骨格が変化していく。背骨が盛り上がり前傾姿勢に。足の骨と筋肉が急激に発達し、伸びた皮膚が破れて筋繊維がむき出しになる。恐怖よりも嫌悪感が先に立つ不気味な光景だ。

「口裂け女……じゃ、ない？」

鎌を持つ口の裂けた女性ではある。だが、変容していく姿は人間よりも獣に近い。伝え聞く口裂け女とはかけ離れ過ぎていた。

「いいや。口裂け女だよ、あれは。ただ、成り切れていないだけだ」

口裂け女を注意深く観察しているが、甚夜はあまり動揺していない。まるで最初から知っていたかのように、変容する怪異を静かに見据えていた。

「成り切れていない？」

「過程を踏まず、足りない部分を補って無理矢理形にしたがために無理がきているのだろう。もっとも、それも狙いの一つかもしれないが……事実、あれは元の存在より力を増している」

返ってきた答えはみやかには理解できない。それ以上の説明もなかった。変化が止まり、化け物の眼光が甚夜へと向けられたからだ。

口裂け女ではなくなった怪異は、鎌を手にしたまま前傾姿勢になった。顔付きも人間とはかけ離れてしまっている。耳まで裂けた口はそのままに、細長く歪み突き出された。四足を用いた前傾も相まって、それは毛のない狐を思わせた。

口裂け女は昭和後期に広まった都市伝説だが、本来非常に古い歴史を持つ怪異で、一説によれば1754年まで遡ると言われている。江戸時代の怪談集『怪談老の杖』には、江戸近郊に狐が化けた「口裂け女」が現れた話が記されている。

雨の町を歩く青年は、道の途中でずぶ濡れの女を見つける。体を壊してはいけない。傘に入るよう誘うと、振り向いた女の顔は口が耳まで裂けていた。

青年はあまりの恐ろしさに腰を抜かし、気が付けば老人のように歯が抜けた呆けた顔になって、言葉も話せなくなった挙句、息を引き取ったという。

〝狐はよく妖怪となり、百歳に至り、化して女となるなり〟

古い時代、歳月を経た狐は妖化して女に化けると信じられた。裂けた口というのは狐の特徴であり、江戸時代において口裂け女というのは悪狐の類であった。

「口裂け女と悪狐の合成……つまりあれは、〝捏造《ねつぞう》された都市伝説〟だ」

口裂け女でありながら、かの怪異とはかけ離れたシルエットを持つ異形。濃密な殺意をまとう、掛け値なしの化け物がそこにはいた。

忘れかけていた恐怖が蘇る。捏造された都市伝説という言葉が何を意味するのかは分からない。みやか達に分かるのは、あれが人では追い縋《すが》ることのできない領域にいる化生《けしょう》であるということくらいだ。その姿を見るだけで震えが湧き上がる。みやか達は茫然と異形を見つめていた。

短い呻《うめ》きと共に口裂け女が駆け出す。先程よりもさらに速い。あまりに速過ぎて、みやか達では残像さえ捉えられなかった。しなやかな筋肉の躍動は人よりも獣のそれだ。瞬きの間に間合いが詰まり、口裂け女は錆びついた鎌で首を狙う。

　しかし空を切る。

　高速の一撃を、甚夜はわずか半歩退くだけで躱《かわ》す。頭蓋や心臓を狙って、獣の怪異は次々と攻撃を繰り出す。至近距離で暴れ狂っているというのに、甚夜はそれを真正面から迎え撃ち、その暴威を顔色一つ変えずいなしていく。

　相手は見るからに化け物だが、彼も十分化け物じみている。刀一本で異形へと変化した怪異の突進を捌《さば》き、反撃に移って一瞬で腕を斬り落とす。しかも目まぐるしく動く中でさえ、みやか達を庇《かば》うような立ち位置を維持したままだ。

　口裂け女が体勢を崩す。立ち直る暇を与えることなく彼は距離を詰め、そのまま頭部を蹴り飛ばす。無惨なほどに顔面がひしゃげ、しかし甚夜は冷酷に怪異を見据える。

「……嫌な気分だな」

　そう呟くと、彼は少しだけ表情を歪めた。腕を失っても口裂け女は止まらない。残された右腕で鎌を振り上げ、忌むべき敵の命を刈ろうと襲い掛かる。

「悪いな、口裂け女。哀れと思わないわけでもない。が、ここで消えていけ」

　決死の突進でさえ届かない。

　脇構え。甚夜は残した左足を引き付けて右足を軸に腰を回し、横薙《よこな》ぎの一刀を繰り出す。自ら飛び込んできたのだ、回避はできなかった。口裂け女は容易《たやす》く両断されて地に伏した。

『以上がぁ明日のぉ……被害者でぇす。それでは、おやすぅみぃ、なさぁいぃぃぃ』

死を告げた声の記憶が、頭から遠く離れて薄れていく。

みやかには今の戦いはほとんど見えていなかった。気が付いたら口裂け女が倒れていた、くらいのものだ。そもそも口裂け女の実在もNNN臨時放送も、突如現れた男が語る〝捏造された都市伝説〟も何一つ理解できていない。それでも何も分からない彼女でも、たった一つだけ実感できたことがあった。

死を運んできた怪異は打倒された。ここに死の運命は覆されたのである。

２００９年3月、卒業式当日。

そっと風が吹いて、桜の花びらがはらりと落ちた。満開にはまだ少し早いけれど、校門から続く道は薄紅の花で溢れている。冷たい風が火照った体に心地よかった。

みやかが通う中学校の体育館前では、大勢の生徒たちが歓声をあげたり、むせび泣いたりと騒がしい。クラスメイトとの日々を惜しみ、涙を流す後輩に見送られ、寂しさを語るとともに高校生活に目を輝かせる。飛び交う声はそれぞれある。耳を塞ぎたくなるほどの喧噪《けんそう》だというのにどこか心地よかった。

長かったような、短かったような。思い返せば楽しかった中学生活は、今日終わりを迎えた。

「先輩、卒業おめでとうございます！」

「ありがと。みんなも、頑張ってね……部長さんもこれから大変だと思うけど」

卒業式が終わり、体育館を出た生徒達は各々最後の別れを交わしている。みやかも女子バスケ部の後輩達に囲まれていた。

決して明るい先輩ではなく、それなりに厳しくもあっただろう。けれど後輩達は皆、目を潤ませて卒業を祝ってくれる。もうこの娘達と一緒に何かをすることもないのだと思えば、込み上げるものがあった。

特に、次代の部長になった女の子はみやかによく懐いていた。その理由はバスケの実力ではなく、たまたま甚太神社にお参りへ来た時に交流を持ったとか、神社の夏祭りに来てくれたとかだったが、それでもまっすぐな好意というのは嬉しい。そういう一直線で無邪気なところは薫に似ているかもしれない。多分この手のタイプに弱いのだろう。小さく手を振って彼女達の見送りに応える。

世話になった先生方へ挨拶をし、クラスメイトとの別れを済ませ、最後にみやかは親友のもとへと足を向けた。

「心配かけて、この子は本当に！」

「先生、ごめんなさいって⁉」

肝心の親友は、卒業式に参列してくれたかつての恩師、白峰八千枝に今も怒られていた。

「おっ、姫川。卒業おめでとう」

「ありがとうございます、白峰先生。どうしたんですか？」

「いや、散々心配かけた梓屋に、もう一度説教をしておこうと思ってね」

ＮＮＮ臨時放送によって告げられた、死を迎えるはずの日はとうに過ぎた。みやかと薫は命を拾い、こうして無事卒業の日を迎えた。

口裂け女の話を持ち出すわけにもいかず、薫の失踪は単なる家出ということで落ち着いた。両親には泣かれるし学校からは怒られるしで散々だった様子だが、他に説明しようもないので仕方ない。薫は周囲がオカルトな事件に巻き込まれないよう気遣ったのだが、事情を知らない者は本気で心配をしていた。その筆頭の八千枝は門出の日でも遠慮がなかった。

「見てないで助けてよ、みやかちゃん！」

「先生、もう少し手心を加えて頂けると」

「そういうわけにはいかない。しっかり反省してもらわないと」

気持ちは分かるのであまり強くも言えない。叱りつけてはいるが、かつての担任教師の顔に浮かぶのはあからさまな安堵と喜びだ。あんな表情をされては止める気にはなれなかった。

「ひどい目にあったよ……」

「そこは自業自得ってことで」

「本当にごめんなさい、先生」

ようやく解放された薫は疲れた様子で肩を落とすが、表情はどこか明るい。怒られるのも生きていればこそ。数日前のことを考えれば、こうやって卒業式を迎えられただけでもありがたい話なのだ。

「でも、お互い無事でよかったね」

「それは、本当に。これに懲りて、お互い寄り道は少し控えないとね」

ＮＮＮ臨時放送で読み上げられたことについては、みやか達の落ち度はない。なにが悪かったかと言えば、おそらく運が悪かった以外の答えはないだろう。

ただ事件の後に詳しく話を聞いたところ、失踪した当日、薫は息抜きと称してマンガの立ち読みをしに本屋へ行ったり商店街で買い食いしたりと、夜遅くまで寄り道を満喫していたらしい。その上で帰り道に、近所の公園を通ったところで口裂け女に遭遇した。素直に家へ帰っていれば出会わなかった可能性もあるのだ。

「大丈夫、心配しないでもあんな変なこと滅多に起こらないって」

「本当にこの子は……。というか今の時期は素直に帰って勉強しなさい。試験、もうすぐだよ」

「うっ、嫌なこと思い出させないでよ」

「そんなこと言わないの。遅れた分、取り返さないと」

生き残ったから出てくる贅沢な悩みだが、追い込みの時期に勉強時間を奪われたのは中々の痛手だ。特に薫の成績は正直危うく、予断を許さない状況である。

「本当に仲がいいね、あんたたちは」

二人のやりとりを見ていた八千枝がしみじみとそう言った。

みやか達にとっては一度限りの卒業式だが、教師にとっては違う。一年の頃に担任をしてくれたとはいえ、八千枝からすれば生徒を送り出す恒例の行事に過ぎないだろう。それでも短い期間しか受け持ってなかったみやか達を大事にしてくれる。卒業を嫌だとは思わないが、この人の生徒でいられなくなるのは少し残念だった。

「試験はこれからだし、もし受かったとしても高校生になっても大変なことはある。でも、あんたたちなら大丈夫だと思ってる。しっかりね、姫川、梓屋」

　せっかくの門出を湿らせるのももったいない。少しの寂しさを心の奥に押し込んで、明るい笑みで恩師に別れを告げる。

「はいっ」

「ありがとうございました、白峰先生」

　もしも、あの夜に何かを間違えていたら無残に殺されていたのだろうか。そう考えると、今日という日を迎えられたことがとても尊いのだと感じられる。卒業式が悲しいものではなく、底抜けに明るいものであってくれて本当によかった。

「それじゃ、先生さようなら！」

「落ち着いたら、また来てもいいですか？」

「うん、さよなら。勿論、いつだって来ていいんだよ」

　こうしてみやか達は中学を卒業し、初めの一歩を踏み出す。風にはらりと落ちる桜の花びらさえ感慨深い。

「ねぇ、みやかちゃん。商店街で遊んでいこうか？」

「あのね、少しは自重しよう」

「でも、せっかくのお祝いだし。卒業式って、みんなよく頑張ったからおめでとうっていう日でしょ？」

見上げれば遠い空は青く透き通っている。

麗《うら》らかな春の日に、みやか達はまた一つ大人になった。


兵庫県立戻川高校。

四月の入学式、この高校でも今日から新一年生達が通い始める。真新しい制服に身を包んだ新入生はどこか緊張した面持ちで、高校に繋がる長い銀杏並木を歩いていく。

その中には、姫川みやかと梓屋薫の姿もあった。

「あっという間だったね」

「本当に。すごく慌ただしかった」

「でも、これで今日から私達も女子高生。なんだかちょっと大人な気分？」

新品の制服が嬉しいのか、薫はくるんとステップを踏みながら一回転してみせた。

中学を卒業し、その後の入試にも勉強の甲斐あって見事合格した。そして四月、晴れてみやかと薫は高校一年生になった。忙しい日々も一段落つき、ほっと一息というところだ。

とは言っても、これから高校生活が始まることを考えれば気を抜いてばかりもいられない。期待と同時に不安もある。勉強についていけるのか、新しいクラスに馴染めるのか。心配事を数え上げれば切りがない。ただ、高校でも薫と同じクラスになれたのは安心できる要素の一つではある。親友と比べて人見知りのあるみやかにとってはありがたかった。

入学式を終えて、歩き慣れない校舎を進み教室に到着する。

「あ、みやかちゃんここだよ、１のＣ」

やはり少し緊張してしまう。クラスにいるのはみんな同じ一年生だというのに、中学の頃のクラスメイトよりも大人びて見える。小学校の持ち上がりだった中学とは違い、知らない顔が多いのも緊張に拍車をかけた。

「早くみんなと仲良くなれるといいね」

「そうだね」

薫のこういう物怖じしないところは素直にすごいと思う。うまく馴染めるか不安に思いながらみやかは教室を見回す。すると、視線はある一点で留まってしまった。そこには予想外の人物がいた。

「どうしたの、みやかちゃん、って、あ⁉」

薫は教室だということも忘れて大きな声を出した。視界の先には男子生徒がいる。身長は１８０より少し低いくらいだろうか。肩幅が広くがっしりとしていて、クラスの中でも一際体格がいい。目つきの鋭い強面で、近寄りがたい印象だった。

思わず彼を見てしまったのは、外見のせいではない。彼が以前に出会った、口裂け女を刀一本で打ち払った奇妙な男だったからだ。確か、名前は葛野甚夜といったか。尋常ではない剣の使い手が、なんの冗談か戻川高校の制服を着て普通に座っていた。

みやかは驚き過ぎて上手く反応ができない。既に着席していた彼は横目でこちらを見て、座ったまま軽い調子で挨拶をしてきた。

「ああ、朝が……梓屋に、姫川の娘か」

「なんで、ここに……？」

「なんでもなにも、私もこの高校の新入生だ。君達は息災だったか？」

「あっ、うん。あの時はお世話になりました。それと一年間よろしくね、葛野君」

一瞬で驚きから立ち直った薫は、甚夜の手を取って握手している。みやかの方はそこまで割り切れない。非日常の象徴みたいな少年が何食わぬ顔で教室にいるのだから違和感は強かった。

「いや、学校に通うのは初めてだからな。迷惑をかけることもあるだろうが、一つよろしく頼む」

　甚夜が小さく口の端を吊り上げる。とてもではないが高校一年生の見せる表情ではない。

高校生活に不安や期待を抱いていたが、別の意味でこれからが不安になってしまった。

四月・入学・悲《ひ》喜《き》交《こも》々《ごも》

1

藤堂夏樹《なつき》は、この春に戻川高校に入学した。

今は家族で兵庫に移り住んでいるが、もともと彼は東京の渋谷の生まれである。生家は大正から続く街の小さな映画館『暦座キネマ館』。祖父は藤堂甚悟《じんご》の弟であり、夏樹は芳彦《よしひこ》・希美子《きみこ》夫妻のひ孫にあたる。そのため小さな頃は井槌《いづち》や溜那《りゅうな》といった鬼達と同じ屋根の下で暮らしていた。しかし夏樹の父親は普通の会社員として働いており、仕事の都合で転勤が決まった。母親が単身赴任に反対し、夏樹もついていく形で葛野市に引っ越してきたのだ。

多少特異な生まれと育ちのせいか、夏樹は昔から怪異の類に巻き込まれることが多かった。彼は退魔の家柄ではないため、魔を祓《はら》う術は持っていない。にもかかわらず、今まで大きな被害を受けたことはなかった。

家族はそれを「様々な怪異を見てきた経験から、引き際をわきまえている」と評した。危険な怪異とそうでない存在を見極める目と判断力に優れているらしい。言われてみれば確かに勘は鋭い方で、嫌な気配には近付かないようにしている。

なにせ夏樹は昔から都市伝説に縁があった。

「おにぃ、おはよう」

入学初日の朝、夏樹は二つ年下の妹、里香《りか》に起こされた。彼女は血の繋がらない兄によく懐いてくれており、昔から背中にぴったりとくっついていた。中学生になってもそれは変わらず、今朝もリビングへ向かう夏樹の背後についてきている。

「あなたの後ろにいるよ」

「勘弁してくれ……」

「駄目、私はおにぃの背後にいるって決めてるから」

からかうように里香が声をかけてくる。この妹との出会いにも、やはり都市伝説が絡んでいた。

リビングに行くと母親が朝食の準備をしてくれていた。塩サバに味噌汁、ほうれん草のお浸しに卵焼きが二切れ。今日は高校の入学式だから、気合いを入れるためにも夏樹の好物を揃えてくれたそうだ。

「なあ里香。なんか妙に機嫌よくないか、お前？」

「そう？」

一緒に食事をとる妹は普段よりも楽しそうだ。こちらの様子を窺《うかが》い含み笑いまでしていた。

釈然としないが、そろそろ家を出なければいけない。残った朝食をしっかり味わい、最後にお茶を啜《すす》って席を立つ。

「まあいいや。母さん、里香。行ってくる」

「行ってらっしゃい。高校、楽しんできてね」

背中に視線を感じたが、友人を待たせているため気にせず家を出た。

真新しい制服に身を包んだ生徒達が、列をなして通い慣れない通学路を歩く。新一年生は初登校だからか、高校生活に対する期待と不安が入り混じり、晴れやかな表情の中にほんの少しの緊張がある。夏樹も、そういう初々しい新入生の中の一人だった。

「しかし、みことも付き合い長くなったよな」

「ほんとに。ここは高校一発目でも同じクラスになって、記録を更新したいところだね」

「ああ、一緒になれたらいいな」

「なっきにしては珍しく素直じゃん」

隣を歩く根来音《ねくね》久美子《くみこ》は付き合いの長い友人だ。葛野市に移り住んでから最初にできた友達で、性別こそ違えど夏樹は「みこ」、彼女の方は「なっき」と愛称で呼び合うくらいに仲がいい。小、中学校では毎年同じクラスになり、この春からは同じ高校に通う。

ここまで友人関係が続いたのは縁があって、それを途切れさせないよう努力したおかげだろう。久美子と初めて会ったのは小学生の頃。夏樹は葛野市に引っ越してきた翌日、探検がてら遊びに出かけた。しかしその途中、原因不明の意識消失を起こして道で倒れてしまった。

『なニガ変なもノを見だ』

病院に運ばれた夏樹は、うわ言のようにそう呟いていたという。

精神の異常は一週間後に前触れもなく治った。両親は喜んだが、夏樹自身はその時のことをなにも覚えておらず今一つ実感がない。道で倒れているところを発見してくれたのが久美子だというのも、後から聞いた話だ。それをきっかけに彼女とは親しくなった。

当時の記憶は薄れてしまったが、一つだけ覚えていることがあった。あの精神の異常は、根来音久美子との出会いによって引き起こされた。そうと知りながら気付かないふりをして幼馴染《おさななじみ》になったのだ。

学校まで続く銀杏並木は、秋ならともかく今の季節は景観としては今一つだ。しかし初登校の緊張と高揚のせいか、鮮やかとは言い難い木々でさえ特別なものに映る。

隣を歩く久美子がステップを踏むように前へ躍り出て、くるりと振り返った。ふんわりと軽い髪は肩口くらいで整えられている。以前、セミロングが似合っていると夏樹が褒めると、ナチュラルミディだと笑いながら訂正された。女性の髪形には詳しくないが、彼女なりのこだわりがあるのだろう。

「なっき、どうしたの？」

「いや、別に。なんというか、やっぱり緊張するな」

「まぁ、今日が初登校だしね。この前、そういえば里香ちゃんと会ったよ。おにぃと同じ高校に行くってさ」

「あいつは、俺の背後をとることに命をかけてるからな」

それが自分の意思なのか本能なのかは分からないが、大切な妹の悪戯《いたずら》だと割り切って受け入れている。

「里香ちゃんって、なんであんなに懐いてるの？　中学生って、もうちょっと反抗的だと思うんだけど」

「まぁ。多分捨てたものが返ってきたんだろ。色々あるんだよ」

「色々……そうだね、色々あるよねぇ」

久美子は鼻歌を歌いながら楽しそうに歩いている。複雑な事情は彼女も同じだろうに、あまり気にしていない様子だった。

「私達みたいなのは、どこにでもいるか」

その呟きは聞かなかったことにした。

夏樹はかつて自分に起こった異常の原因を知っている。幼い頃、彼は「くねくね」に出会ったことがあった。

くねくねは２００３年頃よりインターネット上で語られるようになった都市伝説である。都市伝説としては珍しく起源が特定されており、そもそもはあるサイトに投稿された創作怪談だとされている。

くねくねは、白色（あるいは黒色）の人間とはかけ離れた動きで体をくねらせる怪異。遠くから眺める程度なら問題はないが、詳細が判るほどくねくねを見つめて、それが何であるかを理解すると精神に異常が起こるのだという。視認するだけで心を壊すのに加えて突然出現するその特性から、絶対に会いたくない都市伝説四天王に数えられることも多い。

その正体に関しては様々な仮説がある。案山子《かかし》や蛇神といった農村部の土着信仰や古来から伝わる妖怪と関連付ける説。ドッペルゲンガーの一種、幻覚説、自然現象の誤認説などが挙げられている。また、くねくねの正体は「自分そのもの」だという説も存在するが、全て仮説の域を出ていない。

ただ、藤堂夏樹は幼い頃に精神の異常によって倒れた。そして壊れたはずの精神は何故か完治し、気付けば隣に根来音久美子がいた。順序立てて考えれば、彼女の正体はすぐに分かってしまう。なのに恐ろしいと思えないのは、まだ心の一部が治っていないからではない。ごくごく単純に、久美子と過ごした日々が好きだった。だから夏樹は色々なことに気付かないふりをする。鶴の恩返しと同じだ、正体に気付けば彼女はどこかに消えてしまうような気がした。

いつの頃からかは分からないが、葛野は都市伝説が実体を持つ土地になっていた。怪異と共に育った夏樹は、それらを見つけてしまえるのだ。

「そう言えば、爺ちゃんも同じ高校なんだっけ？」

「ああ」

夏樹は百歳を超えた曽祖母を、大きいお婆ちゃんと呼んで慕っている。もともとは大正華族の出身らしく、老淑女といった表現がぴたりとくる人だ。おそらく若い頃は物静かな少女だったのだろう。そして曽祖母の世話役だった爺ちゃん……甚夜も、この春から戻川高校に通う手はずになっていた。

かつての因縁や思惑など理由は色々あるが、甚夜が高校に通うのは夏樹の願いであることも大きい。嫌な気配に対して敏感な夏樹にとって今の葛野市は居心地が悪い。そこかしこから嫌な気配がするのだ。

　だから察知するだけで祓《はら》う力を持たない夏樹は暦座キネマ館を頼った。すると甚夜がすぐに動き、高校にまで来てくれることとなった。

　戻川高校は、ひときわ大きく嫌な気配がする場所だった。

　入学式後のクラス分けで、幸運というかやはりというか夏樹は久美子と同じクラスになった。二人でそれを喜び一年間お世話になるＣ組の教室に入ると、今度は驚きに目を丸くすることになった。

「どうも、葛野甚夜と申します。これから一年間、よろしくお願いします」

　原因は、初対面の男子生徒を演じて自分に挨拶する甚夜だ。久々に会う爺ちゃんの悪戯に、夏樹は上手く反応できなかった。

「あ、うん。よろしくね。私は根来音久美子……って、なっき？　どうしたの変な顔して？」

　久美子が朗らかに挨拶を返す一方、夏樹の方は状況が理解できずひたすらに困惑していた。

「……あのさ。爺ちゃん、なにしてるんだ、こんなところで」

「なにと言われても、来ることは言ってあったはずだが。これから一年間同じクラスになるんだ、挨拶はしっかりとしておかないとな」

「ああ、ごめん。そうだよな。ただ、同じクラスになるとは思ってなくて」

「私も驚いているよ」

　夏樹は動揺しつつも安堵を感じた。甚夜に会った途端、遠くに感じていた嫌な気配が散ったのだ。それは何かがこの学校にはいて、同時に歴戦の鬼を警戒している証拠だった。

「昨日家を訪ねたんだが、生憎《あいにく》と里香しかいなくてな。とりあえず言伝は頼んでおいたが」

「聞いてない。ああ、そうか。里香のやつ朝から機嫌よかったのは、爺ちゃんと会ったからか」

　妹は藤堂の血筋ではないが、分け隔てなく接する甚夜にはよく懐いていた。夏樹自身も七歳までは東京に住んでおり、小さい頃はこの百歳を超える奇妙な老人に面倒をみてもらっていた。今でも長い休みに東京へ帰った時は、一緒に遊んだり昔話を聞かせてもらったりと良好な関係を築いている。百年を生きる鬼と知ってはいるが、夏樹にとっては本当の祖父と同じくらい大切な相手だ。だからこそ甚夜が高校の制服を着ており、これから一年間クラスメイトとして過ごすという事実には違和感がある。

「じんじん、もしかしてなっきと知り合い？」

「じんじん？　ああ、いや、一応な。親戚のようなもので、東京にいた頃は一緒に住んでいた。この子のおしめを換えてやったこともある」

「詳しく教えてください」

　甚夜はおしめを換えたどころか、夏樹が六歳まで寝小便していたことや、東京を離れるのが嫌で大泣きしたことなど、友達に知られたくない過去の失敗を大体把握している。

「あの、爺ちゃん。そういうのは」

「立ち話もなんだし。積もる話はあちらで」

止めようとした夏樹を遮り、久美子は甚夜の背を押して席の方へ連れていく。化け物の一撃を平然と受け止められる甚夜が、女の子の力で押されるはずがない。子供に甘い彼は、初めから逆らう気がないのだ。

「安心しろ、夏樹が本当に嫌がることは話さない」

久美子の手から逃れた甚夜にそう耳打ちされた。安心したのも束の間、その表情は真剣なものに変わっていた。

「あの子も、その類か？」

やはり誤魔化せない。甚夜は一目で、久美子の正体が都市伝説だと看破したのだ。

「……うん。でも、敵じゃない」

「夏樹がそう言うのなら」

甚夜からしても危険性は低いと判断したのか、敵意は見せなかった。

「だけどさ、最近この街はおかしいんだ。そこら中から嫌な気配がする」

都市伝説は、口裂け女に代表される危険な怪人ばかりではない。久美子のように人として暮らすものや、放置しても害にならないものも多い。しかし近頃は、夏樹では近寄りたくないほど怖い場所が増えていた。

「……そうだな」

それを肌で感じているのだろう。甚夜は教室には相応《ふさわ》しくない厳しい目つきをしていた。

◇

入学式からはや十日。オリエンテーションも終わり、通常授業に移行する頃には周囲を観察するだけの余裕が出てきた。

姫川みやかは改めてクラスを見回す。同じ中学出身の生徒もちらほら、以前女子バスケ部の試合で顔を合わせた子もいる。けれど、大半は他の中学から来た知らない顔だ。中学の頃とはクラスの雰囲気が違い、今まで交流を持たなかったようなタイプも結構いる。幸いにも薫や女子バスケの関係でできた知り合いがいるから、教室で孤立することはなかった。

昼休み、薫とお弁当を食べながらクラスを眺めていると不思議そうに首を傾げられた。

「あれ、みやかちゃん。どうしたの、きょろきょろして」

「なんというか、まだ慣れないなって」

「そう？　あっ、でも高校生になるとやっぱり色んな人がいるよね」

もともとこの友人は人見知りをしない。慣れないという感想自体、共感できないのだろう。

みやかが目を向けていたのは、女子数人のグループだ。一言で表すのなら派手だろうか。スカートを短く調整して、ナチュラルメイクに飾ったネイル。だらしなく制服を着こなし、アクセで飾ることにも余念がない。戻川高校は施設こそ周辺の高校よりも整っているが、進学校や部活の強豪校というわけでもない。校則も厳しくないため、あれくらいのおしゃれは許されている。案外、彼女達が戻川高校を選んだ理由はそこにあるのかもしれない。

「あれ、アキさぁ、そのグロス新作？」

「おっ、分かる？　春の新色、けっこういいっしょ？」

その中でも一番目立つのが、アキと呼ばれたリーダー格の女の子だ。明るい茶色に染めた髪をリボンでワンサイドアップにまとめ、派手にならない程度のメイクで整えた、いかにもな女子高生だ。手にしたケータイはいわゆるデコ電で、犬や猫などの動物系ストラップなども多くてとても重そうだ。服装もかなり派手でスカートは当然のように短く、ブラウスのボタンを一つ二つ外している。

「桃《もも》恵《え》萌《もえ》さん。美人だよね」

いかにも遊んでいる外見の彼女の本名は桃恵萌で、アキというのは単なるあだ名だ。クラスの初顔合わせの日に行われた自己紹介の時、彼女は自分から「アキ」と呼ぶように求めた。どうやら可愛らしい名前にコンプレックスがあるらしい。萌ちゃんなんて呼んだら殴るから、と宣言するほどだった。

「名前が恥ずかしいっていうのは、分からないでもないかな」

「えっ？　でも、みやかちゃんの名前すごく綺麗だよ」

「ありがと。というか、だからなんだけど」

みやかの名前は漢字で書くと美夜香。美しい夜の香り、おまけに苗字には姫ときたものだ。はっきり言って、桃恵萌を馬鹿にできない煌《きら》びやかさである。両親が付けてくれた名前にケチを付けたくはないが、名前負けしている感は否めない。少なくとも自分自身ではそう思っている。

視線を横に流すと、まだ高校に上がって十日だが親しげな男女もちらほら見られる。

まずは藤堂夏樹と根来音久美子。藤堂達と同じ中学出身の女子の話では、二人は幼馴染同士で小学校の頃から距離が近かったらしい。あくまでも幼馴染で実際には付き合ってはいないとのことだが、やはり二人は仲がよさそうだ。加えて葛野甚夜とも親しいようで、よく話しているところを見かける。

　ぼんやりと彼らを眺めていると、教室に大きな物音が響いた。

「っと、大丈夫か、麻衣《まい》？」

「う、うん。ごめんね、柳《やなぎ》くん」

「なんの、慣れてるよ」

　どうやら女子が椅子の足に躓《つまず》き、あわや転びそうになったところを男子が受け止めたところのようだ。助けた男子は富島《とみしま》柳。助けられた女子は吉岡《よしおか》麻衣。こちらも普段から仲がいい二人だった。

「まったく、足元には気を付けなさい」

「ご、ごめんなさい……」

「あっ、いや。怒ったわけじゃないからな」

　吉岡の頭を優しく叩く富島は、恋人というよりは兄のような雰囲気だ。彼らのやりとりは、この十日で見慣れてしまった。引っ込み思案で少し鈍くさいところのある吉岡が何か失敗をして、それを富島がフォローして慰める。経緯は違うが似たような場面は何度もあった。

「そんなに落ち込むなよ。そうだ、今日は帰りにどっか寄ってこうぜ」

「でも、柳くんサッカー部は」

「だから、高校では入るつもりないって」

吉岡麻衣は、小柄で眼鏡をかけた真面目そうな少女だ。指定の制服をきっちりと着こなし、髪を染めたりもしていない。化粧っ気がないどころか保湿用のリップも引いておらず、アクセの類も身につけていない。短めの黒髪には普段の手入れの丁寧さが見て取れるので、身嗜《みだしな》みは整えるがお洒落はしないタイプのようだ。おどおどしてすぐに俯《うつむ》く、大人しく地味といった印象だった。

反して富島柳の方は目立つ男子である。新しいクラスメイトに聞いた話では、中学の頃はサッカー部のエースだったらしい。長身で容姿に優れている上に、人当たりもよく気が利くので女子にも人気があった。

しかし、なぜか彼は高校ではサッカー部には入らず、仮入部の期間が終わるより早く放送部に入った。中学での活躍を知っている者達は驚いていたが、本人はどこ吹く風。高校ではのんびりとすごすつもりらしく、今日も放課後は吉岡とどこかへ行く約束をしているようだ。

「相変わらず仲いいね、二人とも」

「うん、本当に」

微笑《ほほえ》ましい二人だが、クラスには「釣り合わない」と揶揄《やゆ》する女子もいる。中学の頃よりも教室の雰囲気は悪くなったように感じられた。

こんな感じで教室には色んなクラスメイトがいるが、やはり一番気になるのは例の彼だ。

「爺ちゃん、なんか女子に睨《にら》まれてるぞ？」

「なんだ、知り合いかよ」

「ああ、入学前に多少」

みやかの目の前で口裂け女を斬り伏せた謎の剣士は、クラスの男子四人で集まって弁当を食べていた。普通のことなのに奇妙だと感じられるのは、あの夜の印象が強すぎるせいだろう。

「どうした、なにか用か？」

じっと見ていたのはこちらなのに、反応されると慌ててしまう。中学時代は交友関係が狭く、苦手という程ではないが男子相手だと勝手が違った。

「そういうつもりじゃ」

否定しようとしたが途中で思い直す。同じクラスになって十日経ったが、彼とはまともに話せていない。内心では口裂け女やＮＮＮ臨時放送のこと、それらを倒した彼が何者なのかもずっと気になっていた。刀を持って戦うだけでも普通ではないのに、相手は都市伝説のお化け。命の恩人とはいえ、葛野甚夜はかなり怪しい人物だった。

「……ううん。ごめん、葛野君？　あの、聞きたいことがあるんだけど」

疑問を放置しておくのも気持ち悪い。少なくとも彼はみやか達を庇《かば》い、その命を救ってくれた。ならば悪いことにはならないはずだと自分に言い聞かせる。

「確かに、一度話しておくべきか。姫川の娘、放課後は空いているか？」

彼の方からそんな提案をしてくれたおかげで肩の力が抜けた。緊張していたせいか上手く返事ができず、こくこくと何度か首を縦に振る。

「ならば少し時間をくれないか？　朝が……梓屋も、一緒に」

今度はしっかりと甚夜の目を見て頷き、肯定の意を示した。

2

「みやかちゃん、ここでいいんだよね？」

「うん、多分」

放課後、葛野甚夜に呼び出されて、みやか達は屋上へ訪れた。

四階建ての校舎のさらに上へ続く階段の先。屋上への扉には「立ち入り禁止」と記されているが、ドアノブを回すと鍵はかかっていない。一瞬迷ったが、おそるおそる扉を開ける。

ぎぃ、と鉄が軋《きし》み、差し込む光に目が眩《くら》んだ。時刻はそろそろ五時近い。屋上は夕暮れで赤く染まっている。夕日を手で遮りながらみやかは屋上を見回す。呼び出した張本人の姿はない。もしかして間違えただろうかと、薫と顔を見合わせる。改めて見回しても人影はなく、夕日に伸びた二人の影が色濃く映っていた。

「ああ、もう来ていたか」

十分ほど待った後、遅れて甚夜がやってきた。手に刀はない。あの夜の印象が強すぎてそれを奇妙に感じてしまうが、よく考えれば学校に帯刀してくる方がおかしい。緊張をほぐすために深呼吸してから、みやかは葛野甚夜をじっと見る。

「待たせた。こちらから呼び出しておいて、すまなかったな」

「別に。話を聞きたかったのは私達の方だし」

そっけない言い方になったが、別に怒っているわけではない。聞きたいことは山ほどある。そのためならば、多少待つくらいなんでもなかった。

「でも、いいの？　屋上、立ち入り禁止って書いてあったけど」

「問題ない。教員に許可は取ってある。仕事柄、色々な人間の背後に回るからな」

多分、突っ込んで聞かない方がいいのだろう。藪《やぶ》をついて蛇を出す真似はしたくない。そう思ってみやかが躊躇《ためら》ったところを、薫がなんの遠慮もなく踏み込んでしまう。

「それってどういうこと？」

「まあ、〝おしごと〟の関係でな。多少教員方にも恩を売ったことがあるというだけだよ」

　みやかは改めて甚夜を見る。身長は１８０より少し小さいくらい。クラスの男子の中でも背は高い方で、肩幅が広くがっしりした体つきをしている。鋭い目つきと厳めしい面構えは、不良というよりも応援団の硬派な男子みたいな怖さがあった。しかし無遠慮な薫の言動にも気にせず応じてくれるあたり、見た目に反して落ち着いている。

「さて、あまり遅くなっても悪い。疑問があるなら可能な限り答えよう」

　可能な限りと言うからには、隠しておかなければならない秘密もあるのだろう。それは仕方がない。そもそもあんな化け物と戦っているのだ、彼の事情がまともでないくらい分かる。無理に聞き出すつもりは初めからないが、怪異に襲われた身としては最低限の事情は知っておきたい。

　何を聞くべきか悩んでいると、薫に最初の質問を奪われてしまった。

「朝顔さんって誰？」

「ちょっと薫」

「あはは、実は、最初に会った時に知り合いの人に似てるって言われたんだ。どんな人なのか気になって」

「……本当に、この子は」

緊張感のない親友に多少呆れてしまう。しかし甚夜は素直に答えてくれた。

「朝顔は、そうだな。以前、うちに一週間ほど居候していた少女だ。君に会えた時は、本当に驚いたよ」

「そんなに似てるんだ。ね、どんな人？」

「そう、だな。一言で表すのなら、やはり天女《てんにょ》か」

返ってきた答えが予想外だったのか、薫はぽかんと口を開けている。

「出会いは突然、別れの時も小さな約束だけを残して鮮やかに去っていった。朝顔は、まさしく天女のような女性だった」

「ええと、それが、私に似てる人？」

「ああ。瓜二つだ。本当に、あの時と何も変わらない」

つまり、薫も天女のように美しいと言いたいのか。小柄で幼げな顔立ちにリボンの似合う薫は、綺麗よりも可愛いといった印象だ。彼女を天女と表現する彼は、相当ずれた感性をしていると思う。薫自身は褒められて照れているようで、上手く返事ができないようだ。

「私の親友を口説かないで欲しいんだけど」

「いや、ただ事実を」

「お願い、本当に止めてあげて」

話が進まないし、照れ笑いを浮かべて混乱している薫が可哀そうだ。

甚夜がすまないと小さく謝った。微妙な空気が落ち着くまでしばらく待ち、今度こそようやく本題に入る。

「漠然とした聞き方だから、どう答えるかは任せるね。……葛野君は、何者？」

相手が答えたい形で答えられるように、敢《あ》えて広い聞き方をした。問い詰めたところで、全部教えてくれるとは思っていないからだ。誤魔化しや隠し事は当然。だが、嘘を教えられては困る。全ての真実ではなくていいから、こちらが納得できる程度の話をしてくれればいい。

「ある程度の追及は覚悟していたんだが、君は物分かりがいいんだな」

「少し違うかな。単に臆病なだけ」

謙遜ではなく事実だ。もともとみやかは社交的な性格ではなく、相手に不快だと思われないよう適切な立ち位置を探るのが癖になっていた。慎重と言えば聞こえはいいが、考えすぎて「石橋を叩き過ぎて割る結末」になることもしばしばある。彼の立場からすれば、みやか達は厄介な部外者に過ぎない。疑問は色々あるが、踏み込み過ぎて痛い目を見るのは避けたかった。

「思慮深いと思うが、続けても水掛け論だな。さて、まずは私が何者か、だったか。怪異がいるならそれを討つ者もいる、くらいに考えていてくれればいい」

平然と語られる内容は、つまりあの手の化け物の存在が彼にとっては当たり前なのだと示している。彼は口裂け女を前にしても、動揺の一つも見せなかった。それは相応の経験があり、都市伝説を相手取ったのも初めてではないからなのだろう。

「葛野君は正義の味方ってこと？」

薫があっけらかんと聞けば、甚夜は妙に優しい目をしている。

「君達も見た通り、私の当面の目的は都市伝説の討伐だ。しかし正義の味方というわけではなく、ごく個人的な理由で動いている。時には金をもらって討つこともあるから、そういった意味では仕事でもあるがな」

「ええと、つまり？」

「立ち位置としては探偵みたいなものだ。自分の興味で事件に首を突っ込むし、依頼を受けて解決に乗り出すこともある」

「あっ、なるほど」

薫が何度も首を縦に振っている。

解決するのは事件ではなく怪異だが、探偵というのは納得がいった。警察のような「公的な立場からの治安維持や犯罪の抑止」ではなく、彼の行動はあくまでも私的な利益に基づいたもの。本人の気質はともかく都市伝説を討つこと自体は、多少の善意はあれど正義ゆえの行いではないのだろう。だから、彼は〝おしごと〟だと言った。

つまりあの口裂け女も、偶然彼が先に遭遇したから追っていただけ。そのおかげで助かったのは幸運としか言いようがない。

「でも、口裂け女ってほんとにいたんだね」

薫が妙なところで感心している。それに関してはみやかも同意見で、都市伝説なんて単なる創作だと思っていた。しかし実際に襲われた今は信じざるを得ない。思い出すだけで体が恐怖に震えた。

「私も驚いた。都市伝説なんて作り話だと思っていたから」

「ああ、いや、実際作り話も多かったと思う」

口裂け女に殺されかけたのだから、その実在は疑いようがない。なのに、そいつらを相手取るその彼が作り話だという。みやか達は意味が分からず首を傾げる。

「都市伝説は比較的近年に生まれた、新しい怪異だ」

かつて日本が江戸と呼ばれていた頃には鬼や天狗、山姥《やまんば》などの怪異は現実的な脅威として人の世を闊歩《かっぽ》していたという。しかし、それも時代の流れと共に変化する。

明治、大正。諸外国からの技術により日の本の国は大いに発展、近代化の一途を辿った。その反面、昔ながらのあやかし達は姿を隠した。手付かずの森や路地裏の暗がりを好んだ古いあやかしは、都会の眩しさが苦手だったらしい。代わりに昭和の頃から、現代社会や都市の隙間に入り込むような形で新しい怪異が現れ始めた。

「それが都市伝説？」

「ああ。初めは単なる作り話だったのかもしれない。だが多くの者が信じれば、それは確かに力を持つ」

鬼のような怪異は番《つがい》となって子を為す場合もあれば、戯れに人を犯してその結果として生まれてくることもある。そして、無から生ずる鬼というものも存在するらしい。

「そもそも大抵の怪異は人の負の情念が集約、凝固して生まれるもの。都市伝説も条件は同じだ。噂が流布されて多くの者が信じ、その存在を恐怖する。不特定多数の様々な情念が都市伝説には集約される。そこから得体の知れない何かが生まれても不思議ではないと思わないか？」

　初めは創作物であったとしても、多くの者が恐怖してその実在を信じれば、始まりはどうあれ既に本物と変わらない。広く知れ渡り恐怖の的となることで、都市伝説は真実、怪異となったのだ。

「なら例えば、誰かが勝手に作った創作の都市伝説でも？」

「それが多くの者を信じさせるに足るものであれば、例外なく怪異として成立する」

　八尺様やくねくね、メリーさんの電話や怪人アンサー。オカルト掲示板に投稿されるような都市伝説でさえ、実在する可能性があるということか。恐ろしいのもそうだが、頭の痛い話である。

「じゃあ、ＮＮＮ臨時放送や口裂け女も、そうやって生まれた新しい化け物なの？」

　薫が聞き返せば、何故か甚夜が眉を顰《ひそ》めた。

　聞いてはいけないことだったのか。みやかは心配したが、どうやらそうではなかったようだ。

「すまない、その『えぬえぬえぬ臨時放送』というのは、なんだ？」

「えっ、知らないの？　あ、そういえばあの時も見てなかったっけ」

　きょとんとする薫に、面目ないと甚夜は謝った。その反応を見るに、本当に知らなかったらしい。説明下手な親友の代わりに、みやかが一時期ネット上を賑わせた都市伝説だと説明する。

説明を聞き終わった甚夜からは「ほう、ねっと、か」と、なんともたどたどしい相槌《あいづち》が返ってきた。その反応に、なんとなく察する。

「もしかして葛野君、パソコン苦手？」

「知人の孫につき合わされて、赤い配管工が土管に入ったりコインを集めたりするやつはやったことがある」

多分彼が言っているのはファミコンである。無知を恥じたのか、甚夜が誤魔化すように咳払いをした。

「おそらくそのNNN臨時放送も、多くに信じられて怪異化した都市伝説の一つだろう。だが、あの口裂け女は多少毛色が違う」

そこで、彼の目つきが変わった。

「あれは、〝捏造された都市伝説〟。自然発生したものではなく、造られた都市伝説の怪人だ」

夕暮れから夜に近付き、一段と風が冷たくなったように感じられる。一瞬、言葉が理解できなかった。まさか、あんな化け物が造られたものだなんて想像もつかない。しかし鋭く研ぎ澄まされた彼の気配が、決して冗談ではないのだと語っている。

「私は、あれを造り出した者を追っている」

みやかは背筋に冷たいものが走るのを自覚した。

あの口裂け女は、確かに彼女達を殺そうとしていた。都市伝説の怪人が実在するのは恐ろしい。

しかしそれ以上に恐ろしいのは、化け物だと分かっていてそれを造り出す誰かがこの街にいるということだ。

高台にある戻川高校の屋上からは、街が一望できる。夕暮れに染まる景色はきらきらと眩しく、けれど今まで普通に暮らしていた場所が今では異境のように感じられる。

「とまあ、これくらいか。私は怪異を討つ者。この街には都市伝説の怪人を造り出す元凶がおり、そいつを倒すのが当面の目的。そこだけ把握しておいてもらえればいい」

甚夜がそう締めくくる。はっとなって彼を見れば、まったく気負いのない様子だった。黒幕など歯牙にもかけない余裕めいた態度に、みやかの抱いた奇妙な不安も薄れた。

話はそこで終わり、一瞬空白が場を占拠する。言葉のなくなった屋上、その中でおずおずとみやかは口を開く。

「……あの、ありがと、葛野君」

長々説明する必要などないのに、みやか達のために時間を割いてくれた彼へ感謝を伝える。薫もそれに倣い「ありがとう」と頭を下げた。

「なに、君の配慮に甘えて隠し事はさせてもらっている。そう感謝されるのは心苦しいな」

「でも、思ってたより話してくれたから」

それに隠し事はあっても、嘘はないように思える。彼は怪しい人物ではあるが、口先で謀《たばか》るような真似はしないと信じさせるだけの真摯さがあった。だからみやかが口にした感謝も、形式ではなく心からのものだった。

「えっ、葛野君、嘘吐いてるの？」

「嘘は言わない。ただ隠し事は幾つかある、というだけだ。だから感謝は必要ない。そもそも話したこと自体、私の都合のようなものだ」

彼が事情を話すメリットなんてないように思えたが、疑問を口にするより先に答えてくれた。

「通り魔事件で騒がれている最中、なんの警戒もなく夜歩きに興じた結果、事件に巻き込まれるような少女もいる。何も知らないよりは、多少は情報を明かして脅かしておいた方がいいだろう？」

そう言えば薫は通り魔事件が解決してないにもかかわらず、息抜きだと言って遊び歩いている最中に口裂け女と遭遇したのだ。多少は怯《おび》えて自重してもらった方が、彼にとっても都合がいいということなのだろう。

「言われてるよ、みやかちゃん」

「どう考えても薫のことでしょ」

薫に脇腹を肘でつつかれ、みやかもやり返す。

「一応言っておくが、二人ともだからな」

お互いに責任をなすりつけ合っていたが、甚夜から見れば同じようなものらしく一まとめにされてしまった。

「梓屋。若い時分、夜遊びをしたくなるのは分かる。姫川の娘に関しては、友を案じての行動だ、責めるのも酷だろう。が、近頃は物騒だ。夜歩きはなるべく控えてくれるとありがたい」

「ごめんなさい、反省してます」

二人声を揃えて素直に謝る。結局怪しいと思っていた彼は、みやか達の身を案じて話をしてくれていたのだ。

「そうやって反省し、危ないところには近付かないでいてくれれば十分だ。色々と話したのも見返りを見込んでのこと。あまり気にしないでいい」

「どういうこと？」

「都市伝説が実在すると知った君達は、あやしげな噂が流れていれば警戒して近付かないし、それを解決できそうな者に報告してくれるからな」

　都市伝説が実存の脅威であると知った。放置すれば自身に危害が及ぶかもしれないとも。その状況で都市伝説の噂を聞けば、甚夜を頼るのは当然だ。隠したり嘘を吐いたりはしない。そうすれば、危険なのは彼女達なのだから。

　つまり彼は、ある程度の事情を教える代わりに、気楽に使える情報源としての役割を期待しているらしい。

「つまり、女の子たちの噂で気になるのがあったら葛野君に伝えればいい、ってこと？」

「話が早くて助かる。女性の噂話は馬鹿にならないからな、期待しているよ。とはいえ、自分達で調べようと勝手に動かれては困るが」

「さすがにしないから」

　あんな化け物に襲われるのは、もう勘弁して欲しい。餅は餅屋、専門家に任せた方がいい。

話が終わって校門を出ると、日は完全に落ちていた。

「さて、随分遅くなってしまったな。今日は送っていこう」

「重ね重ね、ありがとう。迷惑かけるけどお願いできる？」

あの話の後で放り出されてはたまらない。彼が護衛を務めてくれれば安心だ。

「じゃあ、せっかくだし帰りに皆でどこか寄ろうよ。一年間同じクラスなんだし、交友を深めるためにも！」

散々脅かされた後だというのに、薫はもう遊びに行こうとしている。注意しようと思ったが、何故か甚夜も賛成した。

「それくらいはかまわない。姫川の都合がよければ付き合おう」

昔の知り合いに似ているからなのか、薫に対しては若干対応が甘いように感じられる。納得はいかないが、みやかが薫に押し切られるのはいつものことだ。結局、駅前の方まで足を延ばしてから、三人は賑やかに帰路へとついた。


鬼は嘘を吐かない。だから甚夜が語った内容は、紛れもない真実だった。

しかし、いくつかの隠し事はある。

まずはマガツメの存在。

いつきひめである姫川みやかにとっては無関係というわけでもなく、いずれは話すことになるかもしれない。ただし今はまだ伝えない。マガツメと捏造された都市伝説とは、まったくの無関係だからだ。あれはいまだ動きを見せない。昭和の頃、七緒《ななお》に聞いた話が確かなら、来年までマガツメは動きを見せないだろう。もうしばらくの間は、成り行きを見守ろうと考えていた。

もう一つ、隠し事がある。

捏造された都市伝説を造り出す元凶を追っている。それは事実だが、元凶の正体に関しては既に当たりがついていた。怪異は負の情念が凝固して生まれる。そして甚夜は、負の感情を操って集約し、物理的な干渉へと変換する異能の持ち主を知っている。

「相変わらず、趣味の悪いことだ」

呟きは先を歩く少女達には聞こえない。不意に鋭くなったその眼光にも、気付く者はいなかった。

◇

翌日。前日の帰りに食べた甘味のおかげか、薫は朝から元気いっぱいといった様子で教室へと入ってきた。

みやかとは違いコミュニケーション能力が高い薫は、既にクラスの面々と交友を深めていて、会って間もない男子ともちゃんと会話をしている。親友のそういう物怖じしないところを、みやかは密かに尊敬していた。

「おはよう、みやかちゃん」

「おはよう、薫」

先に登校していたみやかも、数は少ないが新しい友人と雑談を交わしていた。根来音久美子という女子は、不愛想なみやかに対しても好意的に接してくれる。おかげでそこそこ話せるようになっていた。

「なんの話してたの？」と薫も話の輪に入ると、さらに賑やかになる。

「あのね、姫ちゃんがクラスの男子と一緒にいた話」

朝から盛り上がっていたのは、みやかと男子についてだ。しかし残念ながら、色っぽい話ではない。昨夜は駅前で遊んだ後、まず薫を家に送ってから甚夜と二人でみやかの家へと向かった。それを偶然見ていた久美子が大騒ぎしているだけである。

「別に偶然、帰りが一緒になっただけ」

「そうなの？　なんだ、じんじんのこと詳しいかと思ったのに」

久美子は不満そうに口を尖らせた。野次馬根性かと思えば妙な言い回しだった。

「どうして？」

「あれは怖いから。仲がよさそうな姫ちゃんはどういう人なんだろうな、って」

確かに強面だが、そういう意味ではなさそうだった。むしろ彼女の方こそ、藤堂夏樹を通して親しそうに見えたのだが。

「そういう根来音さんは、藤堂君と仲がいいよね。付き合ってるの？」

話を逸らしつつ、気になっていたことを聞いてみる。

「ううん。なっきは幼馴染だからね」

下手な恋人同士よりも距離は近いが、特別な関係ではないようだ。何故甚夜のことを「あれ」と呼んだのかは気になるが、嫌な雰囲気にならなくてよかった。それに、男女の話題もあまり嬉しくない。

「はい、この話はおしまいね」

「そだね。薫ちゃんも来たし、他の話を……」

多少強引だったが、久美子もこちらの意を汲んで別の話題を探してくれている。入学前が騒がしかっただけに、薫や新しい友人と普通の会話をできるのが嬉しい。みやかは安らいだ心持ちで久美子の次の言葉を待つ。

「あっ！　そういえば、最近『赤マント』が出るって話は知ってる？」

しかし彼女の口から出てきた怪人の名に、みやかは頬を引き攣《つ》らせた。

「ど、どうしたの？」

久美子が驚いているが、そちらに気を回している余裕はない。油の切れた機械のようなぎこちない動きで首を回すと、薫も同じように深刻な表情をしていた。

「……みやかちゃん、葛野君は」

「まだ来てない」

「じゃあ、もうちょっと待とうか」

「そう、だね」

赤マントは口裂け女と同じく非常に有名な都市伝説であり、人を殺害する危険な存在だった。

それが噂になっている。先程までの楽しい気分は消えて、二人の少女は不安に俯いてしまった。

《赤マント》

昭和初期に語られた、その名の通り赤いマントを身にまとった怪人。学校帰りの子供を誘拐して殺害する。かつてはこの都市伝説を警戒して、警察が動員されたこともある。

その原型は、「青ゲット殺人事件」と呼ばれる実在の殺人事件だ。

雪の降る夜に現れた、青い毛布をかぶった男。とある商店に訪れた彼は言う。

『あなたの親戚の婆さんが倒れたので、迎えに来た』

こうして、まず一人目、商店の番頭が連れ出された。

次に青毛布が訪れたのは番頭の自宅。言葉巧みにその母を連れ出した。それから一時間後に再び姿を現し、今度は妻を連れ出した。

最後に、隣家。そこには、最初に連れ出された番頭の娘が預けられていた。様々な理由をつけて連れ出そうとするも、隣家の者は首を縦に振らず、渋々男は帰っていく。いったいなんだったのかと思いながらも、その背中を見送った。

翌朝、連れ出された者たちの死体が次々と発見されることとなる。この事件は結局解決されないまま迷宮入りしたが、ここからが不気味な話である。

後に青ゲット殺人事件と呼ばれたこの事件は、終戦時の検事総長の執筆した捜査体験記『犯罪の縮図』が出版されたことで広く認知された。検事総長の記した書物であれば、当然警察の情報も確認しているはずだ。しかし、何故か出版された『犯罪の縮図』という本において、男が被っていた毛布の色は「赤」に変化していた。

この不気味な事件は後に小説の題材となり、その際に見栄えから毛布は「マント」へ変えられ、「人さらい」や「殺人鬼」といった特性が加えられることとなった。さらに、現実の暴行魔や二・二六事件の赤い外套などの様々な要素を取り込んだ結果、子供を誘拐して殺害する赤マントの怪人が生まれた。

都市伝説としての赤マントは、少女をさらい暴行を加えたのちに殺すという非常に危険な怪人。その正体は吸血鬼だとも語られる。

ちなみに「赤いマントと青いマント、どちらがいい？」と問いかけてくる、学校のトイレに現れる「赤いマント」とは本来別物。トイレの方に現れるのは、正確には「赤いマント・青いマント」であり、先の赤マントから派生した都市伝説というのが有力な説となっている。ただ、逆輸入される形で「赤と青のどちらがいい？」と選ばせて、赤を答えればナイフで血塗《ちまみ》れに、青と答えれば血を吸われて真っ青な顔で死を迎えるといった、選択肢を突き付ける赤マントも存在している。

赤マントは歴史の古い都市伝説であるため、他にも「赤い紙・青い紙」「赤いちゃんちゃんこ」などの多くの派生形がある。

学校の怪談に登場する「赤と青」を選ばせる怪異のアーキタイプ的存在。

吸血鬼であり、暴行魔にして殺人鬼。少女にとっては絶対の害悪とも呼べる都市伝説である。

3

夕暮れが夜の色に変わる頃、少女は一人通学路を歩いていた。黒髪に長い三つ編み、野暮ったい眼鏡といかにも真面目そうな容姿は、今時の女子中学生にしては珍しい。

帰るのが遅くなったのは、委員会の仕事が長引いたせいだ。思った以上に時間がかかってしまった。辺りは既に真っ暗だ。母親も心配しているだろうし早く家に帰ろう。

こつり、こつり、足音は響く。

少女の足がぴたりと止まった。視界の先にある、街灯に映し出されたシルエットのせいだ。闇夜を背景に翻《ひるがえ》る毒々しいまでの赤。顔を仮面で隠して赤いマントを身にまとった奇怪な男が、少女の行く手に立ちはだかる。

〝怪人赤マント〟

かつて子供達を震え上がらせた、恐怖の代名詞である。

少女はその恐ろしさを知らない。赤マントが広く知れ渡ったのは、昭和の初期。彼女が生まれる遥か以前の話だ。なにより、この真面目な少女は怪談だの都市伝説だのには疎《うと》く、赤マントが何者か理解できていなかった。

理解できたとしても既に遅い。距離は一呼吸すら必要ないほどの速度でゼロになる。瞬きの間に赤マントは駆け、少女の眼前には仮面で隠された顔が。
悲鳴を上げることすらできなかった。意識は途切れ、少女も赤マントも闇に紛れて姿を消す。
曰く、赤マントは下校中の少女をさらう。
ここに都市伝説は、現実のものとなった。

◇

兵庫県立戻川高校の通学路の途中、学校から歩いて十五分程の所には、コンビニ「アイアイマート」がある。周りに住宅は少ないが、登下校中の学生や教師陣が利用するためこのコンビニは連日盛況だ。特に朝は、弁当やパンなど昼の食料を調達する戻川高校の関係者でごった返すのが毎度のこととなっていた。

甚夜も他の生徒達と同じく、昼食を買いにコンビニへと寄った。料理はできるが、作る相手がいないと張り合いもない。わざわざ自分の弁当だけを準備するほどマメでもなく、入学してから昼食はスーパーで買っておいたパンかおにぎり、あとはカップ蕎麦などで済ませていた。

今日は少し手を変えて、コンビニで何かを買うつもりだった。適当な弁当を手にしてレジに並んだが、レジ担当の姿を見た途端に甚夜は顔を顰《しか》めることになった。

「いらっしゃいませ」

「お前は、なにをしているんだ」

「レジ打ちです、お客様」

今朝のレジ担当は、アイアイマートの店長だ。初めて訪れた店だが、店長の顔には見覚えがある。三十代前半。１６５センチほどの背丈で肩幅が広いわけでもなく、決して体格はよくない。しかしその首は奇妙なほどに筋張っており、尋常ではない鍛錬を積んできたのだと分かる。店長の名は岡田貴一《おかだきいち》。江戸の頃から生きる鬼にして、時代遅れの人斬りだ。甚夜の知る限り最も優れた剣の使い手が、何故かコンビニ店長に収まってレジ打ちに精を出していた。

「かっ、かかっ。ぬしが以前に言っておったであろう、かつては葛野に住んでいたと。ちと興味がわいて訪れてみれば、紆余曲折を経て幸運にも職を得た。いや、コンビニの店長というのも慣れれば悪くない。どうせ金は必要と働いていたが、気付けば長々と居ついてしまったわ」

　空気の漏れるような不気味な笑いは、接客にしては血生臭い。コンビニの制服を着て普通に仕事をしているが、思わず身構えてしまう。甚夜にとって岡田貴一とはそういう相手だ。

　正直なところ、人斬りとはいえ彼に対して嫌悪は抱いていない。剣に至る、それだけが岡田貴一という男の全て。己が願いに身を委ね、ただひたすらに専心する。彼のように、一つのために他の全てを斬り捨てられる自分で在りたいと願ったこともあった。

「では、５９８円になります。お弁当は温めますか？」

「いや、いい」

　二十四時間いつでも傍に、人斬りが笑顔で迎えてくれるコンビニ。あまり嬉しくない店だ。人斬り働きで食える時代ではない。この男でも職に就かざるを得ないとは、世知辛い世の中である。

　手際よくビニール袋に詰められた弁当を受け取り、コンビニを後にする。久々に知り合いと顔を合わせたというのに、ひどく疲れた気分だった。

妙な倦怠感《けんたいかん》のせいか、登校は普段よりもゆっくりになった。

「待ってたよ、葛野君！」

教室に入れば、梓屋薫が勢いよく傍に寄って来る。その隣に立つ姫川みやかもひどく焦っている様子だった。昨夜は一緒に駅前に寄ってから家まで送った。それなりに話をしたが、特別親しいというわけでもない。そんな二人が甚夜を待つ理由は、一つしかなかった。

「厄介ごとか？」

甚夜の問いに、二人は揃って大きく首を縦に振る。

そいつはありがたい、零《こぼ》れた呟きは皮肉ではなく素直な気持ちだった。暴れ狂う都市伝説の方が、岡田貴一の経営するコンビニよりも遥かに組し易い。なによりそれが〝捏造《ねつぞう》された都市伝説〟ならば、元凶へと繋がる手がかりを得られるかもしれない。

「内容は？」

「あのね、赤マントが出たって」

「……今度は懐かしい奴が来たな。幸い、すぐに動き出す輩《やから》でもなし。朝のホームルームの後にでも話を聞こう」

赤マントは昭和初期に語られた怪人で、当時は藤堂夫妻の孫達もかなり怯えていた。そういった時期外れの都市伝説がいきなり姿を現すのだ。こいつは当たりだと、甚夜はわずかに口の端を吊り上げた。

「……これくらい、かな」

ホームルームの後、再び屋上へと集まった三人は腰を落ち着けて話し込む。当然一時限目は欠席することになったが仕方ない。

内容は勿論《もちろん》赤マントについて。みやかが根来音久美子から聞いたという噂話を、一言一句漏らさず伝えてくれた。

一つ、最近中学校の女子の間で「赤マントが出た」という噂が流れている。

二つ、既に二人下校中の女子生徒が姿を消した。

三つ、女子生徒が失踪した当日に、走り去る赤いマントを着た怪人が目撃されている。

四つ、赤マントは木々を飛び移るように消えていった。とてもではないが人間にできる動きではなかった。

「赤マントが出た場所は、私達の出身中学の近くなの。通っていた頃はそんな噂全然なかったから、騒ぎになったのはここ一週間くらいだと思うけど」

噂は久美子も又聞きで、話の出所はみやか達と同じ出身中学の女子らしい。その女子には妹がいて、そこから赤マントの話が流れてきた。だから噂になっているというのは、まず間違いないだろうとのこと。

中学校では最初の頃は変質者扱いをされていて、信じないものが大半だったようだ。しかし立て続けに女子生徒が二人失踪し、その上いなくなった当日、赤いマントをまとった不気味な怪人が目撃されたことによって噂は俄然《がぜん》真実味を帯びてしまった。女子生徒はいまだ見つかっていない。正体は分からないが、何か得体の知れないものが存在しているのは疑いようもなかった。

「人間ではできない動き、か」

そもそも赤マントというのは、都市伝説の中でも「直接的」な存在だ。暴行魔にして殺人鬼。誘拐の目的は暴行、殺害手段はナイフやバット。その存在はオカルトであっても、呪いなどの異能を有しているわけではない。

赤いマントを羽織って、少女をさらいナイフで殺す。その程度なら普通の犯罪者でもやろうと思えばできてしまう。だから伝聞では判断しかねる部分もある。ただ人間ではない動きというのならば、八割方怪異ではあるのだろう。そうでなくとも、既に被害者が出ているのならば放っておくわけにもいかない。

「ねえ、これって」

「断定しかねるが、おそらくは当たりだろう。しかし木々を、というのは」

引っ掛かるのは、木々を飛び移るように消えていったという話だ。赤マントの特徴にそんなものはなかったはずなのだが。

甚夜が黙ると、みやかが遠慮しつつも表情を覗《のぞ》き見ようとしてくる。沈黙が辛いのか落ち着かない様子だ。

「ともかく、赤マントは危険な怪異だ。実際にさらわれた生徒がいる以上、捏造された都市伝説ではなくとも放置はできない」

「じゃあ」

「放課後までは待てないな。その中学の場所を教えてもらえるか？」

かの怪異は下校中の子供を襲う。ならば放課後からでは動くのが遅すぎる。まずは下校時刻の前に、粗方の調べを済ませておく必要があった。

「待って」

甚夜が屋上から離れようとすると、みやかがそれを呼び止めた。かなり緊張しているようだが、一度薫と目を見合わせ、こくりと頷き合う。それで腹は決まったらしく、二人はまっすぐに甚夜を見ると声を揃えて願い出る。

「……私達も、ついて行っていい？」

「別に構わないが。準備してくるといい」

みやか達は意外そうな顔をしている。断られる前提だったらしく、説き伏せようと意気込んでいたのが分かった。簡単に了承を得られて肩透かしを食らった気分なのだろう。

「出身中学なら、君達がいれば私だけで聞き込みをするより円滑に進む。頼めるか？」

「あっ、そっか！　うん、任せてね！」

薫が力強く頷いて、準備のために勢いよく教室へ戻っていく。明治の頃に出会った彼女よりも元気でまっすぐだ。それを甚夜は微笑ましい気持ちで眺めていた。

一方、みやかの方は先程の説明では納得できなかったようだ。怪訝《けげん》そうな面持ちでこちらを見ている。

「不思議か？」

指摘されて動揺したみやかは、すぐに申しわけなさそうに俯いた。不義理を働いたとでも思っているようだった。

「そう、だね。すごく不思議。ねえ、なんで私達を連れて行くの？」

「君達が頼んだのだろうと返すのは、少し意地が悪いか」

「そんなことはないけど。でも、はっきり言って私達邪魔になるよ。だから断られると思ってた」

単純な損得勘定の話だ。確かに聞き込みを任せられるかもしれないが、それ以外は必要ない。それどころかいるだけで邪魔になる。少なくともみやかはそう考えている。だからこそ甚夜の判断に裏があるのでは、と疑ってかかっていた。

「君達は、私が連れて行かなくても動くだろう？　前科もあるしな」

実際彼女は夜中に捜索に出て、結果口裂け女に襲われた。自覚はあるらしく否定の言葉は返ってこなかった。

「まあ、そうでなくとも断る気はない。母校というのならば知人友人も多いだろう。何もできずにただ待つのは辛い。私にも、経験はあるよ」

手伝ってもらえればありがたいのは事実だし、断って勝手に動かれては困るというのもある。だがそれらはおまけ程度の理由だ。まだ幼い頃、義父の元治《もとはる》に守られるだけで何もできなかった。いつかの未熟と少女の嘆きが重なって、歯痒そうに俯くみやかを足手まといだからと切り捨てる気にはなれなかった。

「中学の頃、女子バスケ部だったの。後輩達は、厳しい先輩だったのにみんな慕ってくれた。部長になった子は特によく。だから、あの子達が危ない目にあうかもって思ったら、居ても立ってもいられなくなって。何かできるわけじゃないって分かってる、だけど」

「君にもいろいろと手伝ってもらう。状況によっては守ってやれなくなるが、構わないか？」

「……うん、分かってる。お願い、連れて行って」

甚夜はそれを受け入れた。

社に隠れていたいつきひめが大手を振って歩ける今が、少し不思議に思える。けれど本当は、かつてもこうあるべきだったのだろうと遠い昔のことを考えた。


「あれ、先輩？　どうしたんですか、まだ学校終わってないのに」

「赤マント。聞いたことがあります。いなくなったのうちのクラスの子で」

「見た人知ってます」

授業を休んで母校を訪れたみやか達は、休憩時間の度に話を聞いて回った。やはり赤マントが出たというのは間違いないようだが、決定的な情報は得られていない。

「あれ、あんた達どうしたの？」

最後の休み時間に訪れたのは職員室。午後の授業がなかったのか、この春から教職に戻ったかつての恩師、白峰八千枝が迎えてくれた。

「お久しぶりです、白峰先生」

「久しぶり。まあ、まだ一か月も経ってないけど。……あんまり冗談を言ってられる雰囲気でもないね」

　切羽詰まった様子の教え子に、ただ事ではないと察したのだろう。八千枝に促されて、三人は職員室から空き教室へ場所を移す。六限目始業のチャイムが鳴り、休み時間の騒がしさも静まった。これなら誰かに話を聞かれることもない。

　適当な机に腰を下ろすと、八千枝は並んで立つ三人に目を向けた。正確には後ろに控えている甚夜に対してだ。みやか達は彼女と関わりのあった生徒だが、彼の場合は違う。見覚えのない男子に警戒というほどではないが、多少訝《いぶか》しんでいるようだった。

「で、用件は？　そっちの子は初めて見るけど、まさか高校で彼氏ができたから紹介ってわけでもないんだろ？」

「失礼しました、私は葛野甚夜。彼女達とは高校のクラスメイトです」

「へえ、もう新しい友達ができたのか。上手くやってるようで安心したよ。っと、私は白峰八千枝。この子達の元担任だよ」

　甚夜が礼儀正しく頭を下げると空気が柔らかくなった。厳めしい顔付きに素行不良の生徒だと疑っていたのかもしれない。

「で、今日は本当にどうしたの？」

せっかく入学できた高校をさぼって突然押しかけてきた失礼な生徒に対し、八千枝は叱ることなくちゃんと耳を傾けてくれる。かつての恩師の寛大さに感謝し、みやかは薫とお互いに顔を見合わせて頷くと本題を切り出した。

「先生、聞きたいことがあるんです。赤マントが出るって噂なんですけど」

「そうなんです！　その話、知ってたら教えて欲しいなって」

「ん……ああ、そんな話があったね。で、それを聞いてどうするの？」

みやか達の問いかけに、すっ、と八千枝は目を細めた。若干温度が下がった。冷めた表情に気圧され、一瞬言葉に詰まってしまう。

何故そんなことを聞くのか、また危ないことに首を突っ込むのか。八千枝の冷たい視線は生徒達を心配するからこそだ。

「お願いします、先生。どんなことでもいいですから、話を聞かせてください」

説明できないことの方が多いため、みやかは不器用に頭を下げるしかなかった。

反応はよくない。八千枝は生徒想いの教師だ。赤マントの件では、既に二人の女子生徒が失踪している。単なる好奇心や物見遊山ではないと察しても、ただの噂ではなく実害がある以上おいそれとは話せないのだろう。

けれどみやかの方も譲れず、真摯に願うしか方法がない。その態度をどう思ったのか。八千枝はしばらく考え込んでいたが、こちらを探るように口を開いた。

「……えらく真剣だね？」

「はい。先生が私達を気遣っていること、分かっています。ですが、少しでも赤マントの情報が知りたいんです。そうでないと、取り返しのつかないことになるかもしれなくて」

子供が興味本位で首を突っ込むな。そう一蹴されても不思議ではない。しかし八千枝は拒否をしない代わりに、ちらりと後ろに控えていた甚夜の顔を盗み見た。

「そっちの君も、赤マントのことが知りたくて来たんだよね？　その割には、積極的じゃないみたいだけど」

「単に役割分担を決めているだけです」

短いやりとりのあと八千枝が再び考え込む。八千枝は乱雑に頭を掻いてから、諦めたように大きく息を吐いた。

「約束だ。危ないことはしない。それなら少しくらいは話してあげる」

納得しきれていないようだが、それでも八千枝は最大限の譲歩をしてくれた。

「あ、はい！」

「私も、約束します」

みやか達は諸手を挙げて喜ぶが、その様子が逆に不安を煽ってしまったらしい。八千枝は不安そうな顔をしている。

「無茶をさせるつもりはないので、心配しないでください」

「……頼むよ、ほんと」

甚夜が口添えしても払拭はしきれなかったようで、がっくりとうなだれてしまった。

それでも約束を守り、八千枝は赤マントについて知る限りを教えてくれた。

「最初は、四月の初め。入学式から三日後だったかな。女子生徒が下校中にいなくなった。その時すでに赤マントを見たって話だったんだけど、あくまで噂って感じで誰も信じてなかった」

そこで彼女は苦々しく唇をゆがめる。

「でも、すぐに二人目の女子がさらわれた。その時もやっぱり赤いマントを着た変質者が尋常じゃない速度で走ってきて、街路灯を蹴って屋根を走り、木々を飛び回る猿かってくらいの速度で逃げ去ったって話だよ」

教師として、生徒の犠牲を悔やんでいるのだろう。言葉の端々に苛立《いらだ》ちのようなものが感じられる。

「女の子だしね。変な噂が流れたら問題だって、家族も学校も何も言わなかった。そのせいで表向きは騒ぎになってない。ご家族はともかく、学校の方は面倒ごとなんざ御免だってのが本音だろうけどね。くそったれ」

危険な都市伝説が噂に留まっていた理由は、学校の体面でしかないのだという。みやか達からすれば腹立たしいが、そのおかげで大きな騒ぎにはならなかったとも言える。結果的に無用な混乱や噂の拡大が防げたのは、不幸中の幸いだった。

「失踪した二人は学年も違ったし、特に親しかったわけでもないって聞いたよ。共通点といえば、ああ、真面目なことくらい？　二人とも眼鏡をかけて三つ編みで、大人しい女の子だったよ」

ひとしきり話し終えた八千枝が不機嫌そうに唇を噛んだ。厳しいように見えて、結局のところ生徒の味方をしてくれる。つまり八千枝は、以前と変わらず恩師のままだった。

「ありがとうございます、白峰先生」

「満足した？　でも、さっきの約束はちゃんと守るように」

「大丈夫ですよ、先生」

「梓屋の大丈夫は全く信用できないね」

じゃれ合うような会話をしつつ、彼女は後ろに控えている甚夜に目配せをした。それを受けて彼も頷きで返す。少しは安心してくれたのか、最後には小さくだが笑ってくれた。

「それじゃ、これでおしまいでいいね？　明日はちゃんと学校行きなさいよ」

「はいっ」

「本当にありがとうございました」

手をひらひらと振りながら八千枝は教室を後にした。

空き教室に残された三人は、今後の対応について話し合う。赤マントの怪人の存在は確実、女子生徒はおそらく手遅れだろう。

「やっぱり、口裂け女と一緒、だよね？」

「そう、だね。赤マントは本当にいる……」

放置すれば三人目の被害者が出てもおかしくはない。そして、もうすぐ放課後。都市伝説に語られる怪人赤マントの時間だ。

みやかの表情が強張る。存在を知ったところで、彼女は怪異に抗《あらが》う力を持たない。けれどこの場には、化け物をどうにかできる存在がいる。

「さて、粗方の情報は聞けた。二人とも感謝するよ」

「葛野君、これからどうするの？」

「釣り上げて、刈る」

端的に答える彼の声に力強さはない。日常の会話をするような気軽さだった。緊張感がないのではなく、気負いがないという方が適切だ。彼は赤マントを大した脅威と感じていない。油断ではなく相応の自負が感じられた。

「曰く、赤マントは下校中の子供、特に少女をさらう。囮《おとり》を準備して早々にけりをつけるつもりだ。幸いにも被害者の共通点は分かっているしな」

「さらわれた二人とも、眼鏡をかけた三つ編みの女の子だって言ってたもんね」

名案だと薫が両手を叩く。それが一番手っ取り早いとみやかも納得した。同時に彼があまり時間をかけたくない、つまりこれ以上の被害は容認できないと考えているのが分かって安堵した。行動自体は私的な利益に基づいていても、根底にはちゃんと良識がある。彼のお人よしな部分を知り、みやかはかすかに頬を緩めた。

「確かに、分かりやすい特徴だね。じゃあ囮役は私か薫？」

「いいや、世話になったが、これ以上はさすがに危険だ。勝手ですまないが、ここらで家に戻って欲しい。後は、私がどうにかする」

みやかの想定では、自分か薫のどちらかが囮役だった。けれど甚夜は別の手段をとるつもりらしい。

「囮なら用意できる。眼鏡をかけた、三つ編みの女子。特徴が明確ならやりやすい」

「女装するの……？」

薫が複雑そうな表情をしている。けれどそれも違ったらしく、「まさかだろう」と否定された。

「実際に効果があるかは分からない。だが、君達を連れていくよりはマシだ」

馬鹿にしたわけではなく、純粋な気遣いから出た言葉だ。彼には何か手があるのだろう。なら、任せた方がいいのかもしれない。そう思いつつも、みやかは意を決して一歩前に出た。

「……葛野君。囮役、私にやらせてくれない？」

魔を祓うような力はないが、この状況でなら唯一有利な点がある。囮役が女であった方がいいのは考えるまでもないことだ。

「姫川の娘。すまないが、こればかりは。相手は赤マント、年頃の少女には荷が勝ちすぎる。どのような結果になっても君が不快な目に合う」

「それでもいい。お願い。自己満足かもしれないけど後輩達のためにも、私のわがままを聞いてくれた葛野君のためにも、力になりたいの」

必死に懇願すると甚夜が考え込みだした。そもそも彼がみやか達を連れてきたのは、後輩のためにという意思を尊重してくれたからに過ぎない。足手まといになると理解しながらも大目に見ていただけで、赤マントと対峙《たいじ》する場に連れていくことは最初から想定しなかったに違いない。

「たぶん、葛野君には何か手がある。それでも私達を使った方が効率はいい。間違ってる？」

当て推量だったが、どうやら正解らしい。無言の返事がそれを証明していた。結局、彼はみやか達を遠ざけるために自分が貧乏くじを引くつもりだったということだ。なら、ここで引く理由がない。

一歩も譲らないみやかに対して、甚夜の声が一段低くなった。

「危険だぞ。守り切れるとは限らない」

「分かってる。もしもの時くらい、ちゃんと覚悟しているから」

予想外の頑固さに、彼は呆れているようにも見える。しかし最後には認め、みやかの提案を受け入れてくれた。

「分かった、ならば頼めるか？」

「……うん」

みやかは普段からは想像もできないくらい明るい笑みを浮かべた。

危険な真似をするが不安はない。口裂け女の時は助けられるだけだったが、少しでも役に立てることが嬉しかった。

こうして下校の時刻を迎える。

いつの世も変わらない、黄昏《たそがれ》はあやかしの領域だ。

赤マントに対する囮は自ら願い出た。詳しくは知らないが、甚夜の腕前は口裂け女の件で十分に理解している。それでも恐怖を感じないわけではなかった。薄暗い夜道、曲がり角から急に赤マントが襲い掛かってくるのではないか。嫌な想像にみやかの体が震えた。

　みやかは中学の頃の制服を着ている。腰まである長い髪を三つ編みにして眼鏡もかけ、真面目そうな女子生徒に扮していた。生まれつき髪の色素が若干薄く、光の加減で茶にも見えてしまうが、夜だからそこまで気にはならない。

　赤マントにさらわれた女子生徒と似た格好をして、ゆっくりと通学路を歩く。すると甚夜が話しかけてきた。ただし、彼の姿は見えなかった。

「似合っているぞ」

「ありがとう。全然嬉しくないけど」

「別に皮肉ではないが」

「高校生になって中学の制服が似合うのは、褒め言葉じゃないから」

　その反応に「年頃の女の子は難しいな」と甚夜が呟いた。みやかからすると、誰もいないのに声だけ聞こえてくる奇怪な現象だった。

「本当に見えない。どうなってるの？」

「なに、もらい物だ」

　八千枝から情報を聞いた後、薫は安全のために家へ戻り、みやかは囮役に徹していた。髪を編んでくれたのは甚夜だ。妙に手馴れている理由を聞くと、「かつては娘によくやっていた」と冗談で返された。そうやって誤魔化すあたり、まだまだ距離は遠いようだ。

　ともかく準備を整えた二人は、赤マントが目撃されたという時間帯に合わせて下校する。どうやっているのかは分からないが、甚夜は姿を消してみやかの傍に控えていた。彼が〈隠行《おんぎょう》〉と唱えた瞬間、その姿は掻き消えた。最初は驚いたが、しばらくすると少しは慣れて普通に会話できるくらいには落ち着いた。

　聞けば彼は異能というものを有していて、それを使えば姿を消せるらしい。幻を見せる力もあって、その応用で別の誰かに「化ける」くらいはできるのだと。不思議だとは思うが、化け物と渡り合うにはその手の術は基本なのかもしれない。

「姿を誤魔化すだけで、本質は変わらない。赤マントが騙されない可能性もあるが」

「それなら、私も少しは役に立つのかな」

　自分の行いがまったくの無意味ではないと知れてよかった。どこに甚夜がいるか分からないため、みやかは前を向いたまま会話を続ける。

「見えなくても近くにいてくれるなら少し安心」

「評価は嬉しいが、そう大した男でもない。盾代わりに思っていてくれればいいさ」

「そこまで謙遜しないでもいいのに」

　暗い道を街灯が照らしている。普段と変わらない景色だが、街中を口裂け女や赤マントが闊歩していると知った今では人外魔境に迷い込んでしまったような錯覚に陥る。本当はみやかが意識していなかっただけで、この街には多くの怪異がいる。そう考えると寒気がした。

「来ると思う？　赤マント」

「君なら囮としては十分だと私は思うが、そのあたりは好みの問題だからな」

「好み？」

妙な言い回しが気になって聞き返すと、何故か甚夜は一瞬口籠った。何か言いにくいことなのだろうか。追及すべきか迷っていると、当事者なのだからと彼の方が思ったらしく、少し言いにくそうに話を続ける。

「赤マントの都市伝説には、元となった話が幾つかある。有名なところを挙げると青ゲット殺人事件、阿部定事件、紙芝居・赤マントあたりか」

みやかの知る赤マントは、子供の頃に読んだ怪談話に登場する「赤と青、どちらがいい？」と色を選ばせ、その答えによって殺し方を変える殺人鬼だ。しかし彼が言うには、赤マントはそもそも現実の事件を元にした都市伝説であるという。

「元々の特徴は〝下校する子供、特に少女をさらって殺す〟。色を選択させるのは、本来派生形に当たる赤いマント・青いマントのものだ」

「女の子を……だから、私が囮になるのを反対してたの？」

「まあ、な。年頃の娘に、あまり生々しい話はしたくなかったという理由が大半だ」

「どういうこと？」

またも歯切れが悪くなる。そこまで話して濁されるのも困る。声のする方を見つめれば、観念したのか続きを聞かせてくれた。

「青ゲット殺人事件では、人さらいと殺人。阿部定事件では、血による赤のイメージと恐怖。紙芝居・赤マントからは神出鬼没さ。それらが統合されて赤マントの原型となった。では、どこから『少女をさらう』という特性が出てきたかといえば、阿部定事件や紙芝居・赤マントが流行った時期に起こった事件を由来としている。それが、谷中の少女暴行殺害事件だ」

赤マントの元ネタでも特に有名なのは、「紙芝居・赤マントと現実の暴行事件が結びついた」という説らしい。谷中の少女暴行殺害事件は赤マントの由来についてよく持ち出される説だが、これが広く知れ渡ったのは、紙芝居の作者である加太《かた》こうじの著書『紙芝居昭和史』に記された内容を弁証としている。

といっても書かれている内容は愚痴のようなもので、作者曰く「俺の書いた紙芝居が赤マントの噂の出どころだと警察に難癖つけられて無理矢理押収された」とのこと。事実、赤マントの紙芝居が流行していた当時、東京日暮里駅近くの谷中墓地で、少女が性的暴行を受けた上で殺害されるという事件が起きていたようだ。

また、阿部定事件の舞台となった東京市荒川区尾久《おぐ》は、昭和初期に商店の若い主婦が連続して三人も殺されるという事件が起こった土地であり、「女は尾久に行くと殺される」と噂になったこともあった。

この二点をもって、赤マントのキャラクター性に「女に対する執着」が付加された。赤マントを構成する要素において、女殺し及び女性に対する性的暴行は非常に重要なのである。

「かつて東京の日暮里駅近くで、少女が暴行されて殺害されるという事件が新聞に載った。また、あの辺りには墓地があってな。そこにたむろしている不良が、学校帰りの少女に性的悪戯をしたということもあったらしい」

「それって、すごく嫌な予感がするんだけど」

「君の想像通りだ。赤マントが少女を狙うのは、女性を襲う目的があるから。とすれば、被害者は赤マントにとってそういう対象であってしかるべき。つまるところ眼鏡と三つ編みというのは、単に好みなんだろう」

そう言うと甚夜が姿を現し、みやかを背に庇って抜刀した。

どくりとみやかの心臓が大きくはねた。

突如として現れた影が発する気配は、人のそれではなかった。

なんともタイミングのいい。計ったように現れたのは赤色の怪人だ。赤いマントに仮面。手にしたナイフ。都市伝説に語られる赤マントがここに存在している。

赤マントの視界からみやかを隠すように立つ甚夜が、微妙な気遣いの言葉をかけてくれる。

「まあ、なんだ。よかったな、君は魅力的だそうだ」

「嬉しくないから」

関わらせたくなかったのは命の危険よりも、そういう理由だったのかもしれない。あれは明確に女性の敵だ。危険なのは間違いないが、そもそも出てくるだけで不快になる。赤マントの怪人は怖いが、現実的な下《げ》種《す》さを知ると怪奇的な恐怖感は幾分か薄れる。代わりにひどい嫌悪感が込み上げてきた。

「ともかく、釣れたのは事実。早々に片付けさせてもらうぞ、赤マント」

甚夜のまとう空気が変わった。

刀の切っ先を赤マントに向ける。すると呼応するように、都市伝説の怪人が外套を翻してみやか達に襲い掛かった。

4

赤マントは、本質的にはマントの怪人ではない。そもそもは青い毛布をかぶった男によって引き起こされた殺人事件であり、それが時代を経て赤へと染まり、その後にマントへ変化する。つまりマントは最後の要素でしかない。

赤マントは「マント」の怪人である前に「赤」の怪人、それ以上に赤＝血液を撒き散らす「殺人」の都市伝説である。

故に、派生系もマントより色彩の選択が重要視される。この都市伝説を成り立たせる要素の最たるものは血液と殺害。殺して血を浴びて赤く染まることこそ赤マントの本懐である。それを証明するかのように赤マントは襲い掛かってきた。

はためくマントはまるで羽、そうと見紛うほどに彼の怪人の動きは軽快だ。両手に握られた大型のナイフ。ひゅう、と空気を裂く刃は、正確に甚夜の喉を狙う。

鉄と鉄がぶつかり合う。夜来で初撃を防ぎ、しかし赤マントは止まらない。勢いを殺さないまま体を回し、もう一つのナイフが振るわれる。

短刀は太刀よりも小回りが利き、手数においては有利だ。一つ目を防いでもすぐさま次が来る。だが、その程度で後れは取らない。赤マントの猛攻を冷静に対処していく。振るわれたナイフに合わせ、右足を引くと同時に太刀を滑らせる。大きな動作はいらない、そのまま敵の無防備な手首を柄で打ち据えた。

みしりと嫌な音が鳴ったが、ナイフは落とさない。それでも衝撃に体は流れ、赤マントは大きくバランスを崩した。その瞬間に腰を落とし、狙うは鳩尾《みぞおち》。左肩からぶつかる全霊の当て身だ。

『ギッ⁉』

短く叫んだ赤マントとの距離が空く。吹き飛ぶかと思ったが、怪人は器用に身を翻して跳躍する。空中から次の一手、雨あられと無数のナイフを投擲《とうてき》した。

数えるのも面倒になるほどの量のナイフが、甚夜の体を切り裂こうと降り注ぐ。逃げ場はないが、逃げる必要もない。怯まず足を止めて、敢えて真っ向から受け止める。切っ先が触れても刃は刺さらない。代わりに金属がぶつかり合う甲高い音が鳴った。無数のナイフは一本たりとも皮膚を貫かず、からんと無機質にアスファルトの地面へと落ちる。

まったくの無傷だが、それを誇ることもしない。ただ無感情に赤マントを一瞥《いちべつ》する。

〈不抜《ふばつ》〉——彼の有する、全身を硬化する異能だ。壊れない体が欲しいと、いつか誰かが抱いた願い。不器用で誰よりも純粋だったあの男の想いが、十把一絡げの怪異に破れるはずがなかった。

感情があるのかは分からない。けれど赤マントは、甚夜の視線を受けて明らかに後退《あとずさ》った。

その隙を見逃さない。一気に踏み込み、刀を振るう。不意打ち気味の一太刀にも赤マントは反応したが、避け切れなかった。骨を断つには至らないが、肉が裂けて鮮血が舞う。普段は他者の血を浴びて赤く染まる怪人が、自身の血に塗《まみ》れている。

至近距離での攻防を続けながら、甚夜は赤マントを観察する。口裂け女の時もそうだったが、この怪人も都市伝説通りの力がある。代わりに語られた以上の能力は持っていなかった。これなら問題なく対処できる。あとは、捏造された都市伝説としての力がどういったものかだ。

小回りの利く二本のナイフを使っても武骨な太刀を掻い潜れず、威力も〈不抜〉を破る程ではない。次第に怪人は追い込まれ、代名詞である赤いマントも無惨に刻まれていく。手傷を負い、命からがらといった様子で赤マントは飛び退いた。おかげで甚夜の袈裟懸《けさが》けは怪人を斬り裂けなかったが、代わりにその仮面を両断した。

『ガ、ギャ……』

奇妙な声と共に、からんと斬り裂かれた仮面が落ちる。露わになった正体不明の怪人の素顔を見た瞬間、みやかが小さな悲鳴を上げた。

出てきた顔は人間のものではない。刺々しい歯が印象的な獣。例えるなら、体毛のない皺《しわ》だらけの蝙蝠《こうもり》だろうか。四肢で立って刃物を操りながらも、赤マントの素顔は翼手目《よくしゅもく》の生物を踏襲したような作りをしていた。

「野衾《のぶすま》……。成程、だから木々を飛び回るか」

「のぶすま……？　赤マントじゃないの？」

「いいや、成り切れていないだけで赤マントであることには変わらない。あれは、〝捏造された都市伝説〟だよ」

夏樹が語った通り、この街には都市伝説が多い。しかし先の口裂け女もそうだが、甚夜が相手にしているのは自然発生した都市伝説ではなかった。

「本来ならば口裂け女はあくまでも人型《ひとがた》の怪異、赤マントも殺人鬼であり獣ではない。だが、こいつらは違う。造られた過程において、余計な混ぜ物を入れられている」

　純粋な都市伝説は、旧来の怪異と変わらない。人に害をなすものもいれば、放置しても平気な存在もいる。だがこの赤マントは、そういう都市伝説だから人を殺すのではなく、初めから悪意をもって殺害を繰り返す怪人として造られていた。

　甚夜の胸中は決して穏やかではなかった。

「混ぜ物？」

「ああ。覚えているか？　怪異の成り立ちを」

「無から生まれる怪異は、肉を持った想念。都市伝説も妖怪も、結局は負の感情が凝り固まって生まれる化け物、だったよね？」

「その通りだ。今回の件の裏に潜んでいる輩は、都市伝説の怪人を造るなどという真似ができる。奴には負の感情を操り、物理的な干渉へと変換する力があるからな。この程度はお手の物……だが、ただ造るだけでは物足りないとでも考えたんだろう」

　甚夜は都市伝説の怪人を討つうちに、それを造り出す元凶ともいうべき存在に辿り着いたのではない。その逆で、まず初めに元凶の存在を知っていて、それを辿るうちに捏造された都市伝説へと行き当たった。

　それなりに因縁がある輩だからこそ苛立ちは大きい。大正の頃といい、あれは本当に迷惑ばかりをかける。

「あやしげな噂によって生まれた不安や恐怖。不特定多数の負の感情を操り、集約凝固し、都市伝説の怪人を具現化する。その過程で、奴は余計な特徴を付け足した。口裂け女には悪狐……狐の妖怪。赤マントには野衾。都市伝説と親和性の高い古典妖怪の要素を混ぜ合わせることで造り上げた、より強力な怪異。即ち本来語られるものとは別物となってしまった、捏造された都市伝説だ」

野衾とは江戸近郊に伝わる妖怪の一種である。数多くの奇談集に記されるこのあやかしは、火を食べ人や獣の生き血を啜るとされていて、飛空する獣の妖怪として描かれる場合が多い。その正体は歳月を経て妖怪化した蝙蝠。吸血鬼であり、答え如何《いかん》によっては血を吸うと言われる赤マントに付け加えるには、都合がよかったのだろう。

きぃきぃ、と奇妙な鳴き声が漏れる。四肢を持つ人型でありながら、赤マントの動きは既に人のものではない。街灯や塀、そこらの建築物の壁や屋根を足場にして、四方八方、甚夜の周囲を飛び回りその隙を窺っている。上から、背後から、視界の外からつかず離れず一撃を繰り返す赤マント。あきらかに殺す気のない、決定的な隙を作り出すための牽制《けんせい》だ。

小刻みに放つナイフによる斬撃を捌きながら、甚夜は右掌の皮膚を自身の歯で食い破る。わずかに赤マントの顔色が変わった。

江戸時代の奇談集『絵本百物語』によれば、野衾は長い年月を経た蝙蝠が妖怪化したものとされ、ムササビやモモンガの異称としても使われる。ならば翼手目の生物としての身軽さや滑空能力、そして野衾の最大の特徴である吸血能力も持ち合わせているはずだ。

甚夜の掌から、ぽとりと血が滴る。それに合わせて空へ逃げていた赤マントは瞬きの間に接近し、一際強力な一撃を繰り出す。正面から夜来で受けても体が揺らぐ。演技ではなく本当に膂《りょ》力《りょく》で押された。

わずかに甚夜の体勢が崩れる。ようやく生まれた隙に、ぎょろりと怪異の目が怪しく光った。

都市伝説の怪人は、さらなる動きを見せる。この怪人は赤マントと野衾の合成、しかしあくまでも主体は都市伝説の方だ。古典妖怪の特徴を付加されていても、それが赤マントであることには変わらない。赤マントの特性を考えれば狙うは女。切羽詰まれば、厄介な敵など無視して無抵抗な少女を襲うに決まっている。赤マントは体勢が崩れた甚夜に追撃を仕掛けなかった。その隙に距離を空け、みやかに狙いを定めたのだ。

「え……？」

みやかは茫然としたまま一歩も動けない。場違いな、気の抜けた声を漏らすことくらいしかできなかった。

赤マントの動きは人で捉えられるような生半なものではない。醜悪な獣の顔を愉悦でさらに歪め、怪人という言葉が憚《はばか》られる程に人から離れた化け物が両の手にナイフを握った姿で迫ってくる。ただの一般人である彼女に、逃げる術など初めからなかった。

「あ」

それを認識した時点で既に手遅れ。みやかは腰を抜かしてその場に崩れ落ち、赤マントはナイフを大きく振り上げている。距離は詰まり、後は鈍く光るそれが無造作に突き立てられるだけ。

逃げられない。死ぬ。抵抗もできないまま、頭蓋をざっくりと割られる。

　みやかは自らの終わりを想像したのか、恐怖に目を瞑《つぶ》った。

　けれど甚夜にとっては、想定のうちだった。

「血が欲しいのならばくれてやるぞ。ただし、最後の一滴まで刀だがな」

　赤マントの刃を遮り、ナイフを弾き飛ばす。続けて逃げる怪人の体に無数の赤い刀を突き立てる。このために掌を食い破って血を流した。

〈血刀《ちがたな》〉――血液を媒介に刀剣を生成する異能だ。最後まで武士でありたいと、血の一滴まで刀であろうとした男の願いである。

『ガ、ギィ……⁉』

　最後に投擲した血で作り上げた太刀が、背後から赤マントの体躯《たいく》を貫いた。

　赤マントがみやかを狙うのは分かっていた。最初から読めている動きなのだから、対処は容易だった。

　甚夜は赤マントへ肉薄し、同時に脱いだ制服の上着をみやかへと投げつける。いきなりの行動に驚いて慌てふためいていたが、直接的な場面を見せるよりはいい。わずかな時間、彼女が見ていない間に終わらせる。

　踏み込む。赤マントが振り返る、だが遅い。迎撃のためのナイフは、正確に甚夜の急所を狙ってくる。だから軌道が読みやすい。突き出された腕にそっと左手を添え、防がず避けず、そのまま流す。同時に太刀を逆手に持ち替える。苦し紛れの突きを受け流された赤マントは、致命的な無防備を晒《さら》していた。

下がった怪人の顎を刃で迎え、右逆手で一気に振り抜く。断末魔を上げる暇も与えない。一瞬で赤マントの首は胴体から離れ、駄目押しとばかりに唐竹《からたけ》、一刀両断する。既に事切れた死体を蹴り飛ばし、無理矢理怪異とみやかの距離を空けた。

「はっ？　な、なに⁉」

慌てて上着を取り、みやかがきょろきょろと辺りを見回す頃にはすべてが終わっていた。

甚夜はみやかの前に立ち、残心。赤マントの死骸を警戒して、完全に沈黙した後も振り返らずに答える。

「雑なやり方ですまなかったな。咄嗟《とっさ》で他に思いつかなかった」

「あ、うん。あの、赤マントは」

「終わったよ。さて、夜も遅いし家まで送ろう。なんなら寄り道でもしていくか？」

赤マントの最期を見なかったため動揺は小さいようだ。軽く冗談を言ってみれば、拍子抜けしたような顔をしていた。

血払いからの納刀。振り返った甚夜は、腰を抜かしたまま立てずにいるみやかへ手を差し伸べた。

ここに赤マントは討ち果たされ、夜は再び静かな姿に戻った。

ただし懸念は残る。

「まったく、本当に悪趣味だ」

みやかを自宅まで送った後、夜道を歩きながら吐き捨てる。

「成長は私の専売特許ではない、か。それは正しい。しかし性質《たち》の悪い成長をしてくれるものだ……なあ、吉隠よ」

◇

〈織女《はたおりめ》〉は、想いを集めて形に変える異能だ。

願いを物理的な干渉に変換し、形のないものに形を与える。祈りを現世利益へと還元する。説話に語られた、神に祈りを捧げる巫女《みこ》の力だ。ただし、〈織女〉は後ろ暗い方向でしか願いを叶えられない。

後悔無念、悪意殺意、嫉妬憎悪。自身の、あるいは無惨に死んでいった他者の負の感情を取り込んで操る。そういう異能を持ち、南雲叡善《なぐもえいぜん》の下で鬼を生み出す技に触れた吉隠にとって、都市伝説の怪人を造り出すという発想は案外自然だったのかもしれない。

「口裂け女に赤マント。リゾートバイトに、トニーの見えざる殺人。たくさん造ったけど、甚太君驚いてくれるといいなぁ」

吉隠は何故負けたのかを考え続けていた。

身体能力では優っていたが、踏んだ場数では負けていた。所持する異能の威力や応用性では上でも、異能の運用自体はあちらが巧みだった。偶然の負けではない。甚夜が自分の強みを理解し、順当に勝ちを拾ったのだ。

ならば勝つためには、あれを上回る何かが必要だ。身体能力は劇的には上がらない。戦闘経験は向こうだって積んでいく。異能そのものは変化しない。だから吉隠は、異能の応用の幅を広げる道を選んだ。数十年かけて〈織女〉を鍛え上げ、今や捏造された都市伝説の怪人を生み出すまでに至った。

全てはかつての屈辱を晴らすために。敗北を知り、吉隠もまた相応のものを身につけたのだ。

「でも、まだ足りないよね……」

多くの都市伝説を造り出すのは実験の一環に過ぎないが、吉隠は楽しんでいた。なにせここは鬼喰らいの鬼の故郷だ。そこに多種多様な怪異が跋扈《ばっこ》し、悪戯に人死にを出していくのだ。被害を想像するだけで晴れやかな心地になる。

けれど、まだ足りない。実験は成果を得るために繰り返すもの。〈織女〉を突き詰めて捏造された都市伝説を生み出し続け、いずれは屈辱を味わわせてくれた男に比肩する力を手に入れる。かつては大正の世に八つ当たりの一つでもしてやろうと思っていた。しかし今は違う。這いつくばって悶《もだ》える甚夜の無様な姿こそが、吉隠の望むたった一つだった。

「よし、もう少し頑張ろうかな」

そのためにはまだ足りない。より多くの怪人を造り、相応《ふさわ》しいものを探すのだ。

濁った眼をしながらも鼻歌混じり。にこやかな笑みに明確な悪意を乗せ、吉隠は夜道をのんびりと歩いて行った。

◆

教室を見回してみやかは改めて思う。高校生活は、やはり中学の頃とは全く違っている。校舎の設備は整っているし、授業の難度は高くて部活動も活発だ。クラスメイトも派手な女子や仲良さそうな男女、怪異を倒す剣士など。以前からは考えられないような個性豊かな面々が揃っていた。

学校が始まって一か月も経たないうちに授業を抜け出しても厳しく言われなかったのは、義務教育ではないからだろうか。なんにせよ、ありがたいことではある。

「昨日、早速早退したんだって？　やるじゃん」

赤マントとの遭遇から一夜明けて登校すると、同じクラスでも一際目立つ女子、桃恵萌にそんなことを言われてしまった。昨日は赤マントの調査をするために、三人揃って早退した。確かに、傍《はた》からは授業を抜け出して遊びに行ったようにも見える。

「桃恵さん。別にそういうのじゃないんだけど」

「アキ、ね。間違えないように。今度話聞かせてよ、興味あるし」

「はあ」

にっかりと笑い、手をひらひら振って去っていく。遊んでいそうな外見とは裏腹に愛嬌のある笑い方だった。

多少以上に派手だが、悪い人ではないのだと思う。実は援助交際をしているなんて噂も流れていたりするが、多分それは嘘だ。そう思えるくらいには気のいい女子に見えた。

昨日の疲れか、今日の授業はいつもより辛かった。ようやくお昼休みになり、昨夜の話も兼ねて昼食には甚夜も誘った。

「とりあえず、赤マントの件は片付いた。君にも迷惑をかけたな」

「迷惑なんて。元々私達が無茶を言ったんだし」

「なに、そちらの方がありがたい。これからも都市伝説の噂を持ってきてくれると助かるよ」

甚夜はコンビニで買ってきた幕の内弁当で、みやかは母のお手製弁当だ。薫は購買のパンを試してみたいらしく、少し遅れて来る。

立ち入り禁止の屋上の鍵は、甚夜が借りておいてくれた。他の生徒には悪いが、見晴らしのいい屋上を貸し切っての昼食は中々心地がいい。食事時の話題にしては若干おどろおどろしいのはご愛嬌だろう。

「……頻繁にあんなこと起こってもらったら、さすがに困るかな」

「そこは同感だ。できれば日々は穏やかな方がいい。早めに片を付けられるといいんだが」

やはり苦労は多いのだろう。もしかしたら、これまでにも彼のように陰で怪異と戦う人がいたおかげで、巷《ちまた》の平穏は守られていたのかもしれない。

昨日も助けてもらったし、感謝の印にお弁当のから揚げを一つ差し出す。

「ええっと、頑張って？　あと、お礼というか、から揚げどうぞ」

「すまない、気を遣わせたな」

「そこは無言で受け取ってくれた方が嬉しい。あっ、卵焼きも食べる？」

返答は聞かず彼のお弁当に卵焼きを乗っける。

図らずも和やかな昼食になった。空は青くて風も気持ちいい。問題も解決して、不安だった高校生活にも慣れて余裕が出てきた。

しかし勢いよく走ってきた薫の一言によって、穏やかな時間は打ち砕かれた。

「二人とも大変！　あのね、隣のクラスの男の子がトイレの花子さんを見たって！」

「トイレの、花子さん？」

みやかは思わず聞き返してしまう。トイレの花子さんは、学校の怪談としては屈指の知名度を誇る。それがこの学校には潜んでいるという。

「……ねえ、本当に？」

話を振ると、甚夜が弁当を食べながら平然と答える。

「私はまだ見ていないが、知人が言っていたよ。この学校は嫌な気配がすると」

「それって」

「おそらく都市伝説がいくらか紛れ込んでいるのだろう。捏造されたものか、自然発生したのかは判別がつかないが」

つまり、学校にいても昨日のような怪人が現れる場合があるということだ。トイレの花子さんの中にも、便器の中に引き摺《ず》り込んで殺すような話がある。危険度で言えば赤マントにも引けを取らない。

「頻繁には起こらないと思っていたのに」

「トイレの怪異は定番だからな。どの学校にも棲《す》んでいるものだ」

「嫌なこと言わないで……」

怪異の専門家のお墨付きに、みやかはうなだれる。

少しだけ、学校選びを失敗したのではと思ってしまった。

手を繋いで、君と一緒に

1

吉岡麻衣が戻川高校を受験したのは、友人の富島柳に誘われてのことだった。

中学の頃、彼とは一度も同じクラスにはならなかった。交友の始まりは中学二年の頃。一人で本を読んでいる時に、彼が話しかけてくれたのがきっかけだ。クラスも性別も趣味嗜好《しこう》も違う二人だったが、それなりに馬が合った。何気ない一言から始まった友人関係は、思っていた以上に長く続いた。

戻川高校に入学してからも、麻衣は中学の頃と同じように暇さえあれば図書室で本を読んでいる。放課後のオレンジの景色。静謐《せいひつ》な空気。淀んだまま時間が流れる。校舎の二階にある図書室からはグラウンドがよく見える。窓の向こうを見れば、部活動に勤《いそ》しむ生徒の姿があった。きっと同じクラスの人も何人かいるのだろう。

「それ、何読んでるんだ？」

「古い説話集……怪談とか、色々載ってるの」

「へぇ、麻衣は相変わらず守備範囲広いな」

隣に座っている柳が読んでいるのは、図書室に置いてある歴史系漫画だ。元々じっとしているより体を動かしていたい人で、硬い本は好きではないらしい。それなのに彼は、こうやって時々ではあるが読書に付き合ってくれる。最近の理由は、ニュースで流れる女子中学生連続殺人事件だ。本に熱中すると時間を忘れてしまう麻衣を心配して、放課後も残ってくれているのだ。それが嬉しくて本で隠した頬が緩んでいたことには、多分彼も気付いていないだろう。

ページをめくると紙がこすれあって音が鳴る。ゆったりと流れる時間に染み渡るような響きが心地よい。

小さな頃から体が弱かった。運動はできなくて、遊び回るのも難しい。だから友達はほとんどいなかった。子供の頃の思い出を振り返っても、出てくるのは本しかない。ひとりぼっちだったから、暇さえあれば本を読んで過ごしていた。寂しさを紛らわしてくれた唯一の友達が物語だった。

本を閉じて、ほぅと息を吐く。読み終われば目を閉じて、物語の余韻に触れる。

今日読んだのは、江戸時代の後期に書かれた『大和流魂記《やまとるこんき》』という説話集だ。まだ東京が江戸と呼ばれていた頃にあった怪異譚《かいいたん》を綴ったもので、有名無名にかかわらず様々な説話が収録されている。

最後に読んだのは「姫と青鬼」という話だった。古い説話と当時の世相を照らし合わせると、その話が成立し得る背景が透けて見えて面白い。夢がない話かもしれないけれど、普段は説話をそうやって楽しんでいる。けれど「姫と青鬼」を読んだ後は、いつもと少しだけ違った。物語に特筆すべきところはない。ありきたりな、鬼と人を描いた説話。目新しい題材でもないのに気になったのは、自分が生まれた土地の話だからだろう。

「読み終わった？　ならそろそろ帰るか」

「ごめんね、柳くん。待っててもらって」

「いいよ。正直、一人で帰らせるの不安だし」

柳はいつも麻衣を子供扱いする。不服ではあるが、世話になっている自覚があるため強い反論はできなかった。

気付けばオレンジの空は藍色に変わろうとしている。そろそろ図書室も閉まる時間だ。既に受付の係以外は誰もいない。片付けてから受付に挨拶をして、二人は帰ることにした。

扉の辺りで何気なく振り返って無音の響く図書室を眺めれば、夕暮れの感傷にふと過《よぎ》る。人から鬼へと堕ちた青年の物語。想い人を守れず、大切な家族を切り捨てた。何一つ報われることなく故郷を離れた青鬼は、いったいどこへ行ったのだろう。

◆

２００９年５月。

昼休み、葛野甚夜は学食でコロッケ定食を食べていた。当然ソースはだぼだぼにかける。これだとコロッケ一つで飯が二杯食えると、大事な人に教えてもらった。

兵庫県立戻川高校は、県下の高校の中では設備が充実している。校舎はAからCの三棟に特別棟の計四棟あり、A棟一階にある学生食堂もかなりの規模だった。白を基調とした壁面と日の差し込む大きな窓が特徴的な清潔感ある学食は、昼休みともなれば生徒がこぞって訪れて大層な賑わいを見せる。

「学食もうまいな」

「そうだね。メニューも色々あるし、やっぱり高校になると違うや」

彼らが陣取っているのは窓際にある四人掛けのテーブル。同席しているのは、同じクラスの梓屋薫だ。彼女が頼んだミートソースのスパゲティも、満足そうな笑顔からするに中々の味らしい。いつもは姫川みやかも一緒に昼食をとるのだが、今日は教師に用があるらしく甚夜と薫の二人だけだった。都市伝説と戦う怪しげな男が相手でも薫はあまり気にしておらず、素直に食事を楽しんでいた。

「姫川は職員室だったか」

「うん。なんか先生に聞きたいことがあるんだって。事件とかじゃないよ。普通に勉強のこと」

「案外真面目なんだな」

「そうだよ。見た目でいろいろ言う人いるけど、ほんとは照れ屋さんなだけで真面目で優しいの」

　みやかの髪は色素が薄いため、光の加減で茶色がかって見える。不愛想なことも相まって、教師からすると素行不良な生徒に見えるのかもしれない。薫は中学の頃からの友人らしく、みやかが不当な評価を受けることを不満に思っているらしかった。

「そう言えば、葛野君は部活とかはしないの？　運動得意そうだし、どの部活でもレギュラーとれそうなのに」

「あまり興味はない。わざわざ目立つのもな」

「ええ、なんかもったいない」

「そういう朝が……梓屋は？」

「私は運動苦手だし、帰りに遊びたいし。というか、そろそろ名前覚えようよ」

「いや、覚えているぞ。ただ、梓屋を見ていると、どうしてもいつかの天女《てんにょ》を思い出してしまう」

「もう、またそういうこと言う」

食事中の歓談は弾む。あの先生は厳しい、趣味はどう、次の寄り道はどうしよう、部活はやらないのか。喋《しゃべ》るのは薫の方で甚夜は聞き役に回っていたが、二人のあいだの空気は和やかだ。

梓屋薫……朝顔とは明治の頃に出会った。まだ彼女はそのことを知らないようだが、無邪気な笑みを見ているとどうしても懐かしい気分になった。

「でさ、それで……」

「…やっぱり、あの……」

「うちの中学なんだよね、その話……」

通りすがる女子生徒の話が偶然聞こえてきて、薫の口がぴたりと止まる。先程の明るさは鳴りを潜めて悲しみか罪悪感か、彼女は申しわけなさそうに顔を伏せてしまう。

「気になるか」

「あ、うん。やっぱりね」

誤魔化しの微笑みもぎこちない。彼女の表情を曇らせている原因は、先程の女生徒たちの話題……連日報道されているニュースにある。

〝失踪した二人の女子中学生が、惨殺死体になって発見された〟

この惨《むご》たらしい事件を引き起こした犯人はいまだ捕まっておらず、警察は懸命に捜査を続けているそうだ。

「気にしてもしょうがないって思うんだけど。でも、どう言えばいいのか分かんないや」

「仕方のないこと、で割り切れるものでもないさ」

「……うん、そうだね」

事件は既に解決している。薫の表情が暗いのは、その真相を知っているせいだろう。

一月程前、赤マントによって引き起こされた事件は、甚夜が怪異を打ち倒したことによってとりあえずの終幕を迎えた。だからといって全てが元通りとはいかない。先日、赤マントの被害者が死体となって見つかった。世間は都市伝説の怪人の存在など知らず、この件は「女子中学生連続誘拐殺人」として取り扱われている。警察は必死に犯人の行方を追っているが、肝心の赤マントは既に打倒された後。当然見つからず、事件は解決されないまま迷宮入りとなる。

「私にできるのは怪異を討つまで。それが引き起こした現象を元通りにできるわけではない。情けないがな」

「葛野君を責めてるんじゃないよ。口裂け女から助けてくれたし、赤マントの時も私達のわがままを聞いて頑張ってくれたから。でもやっぱり、やりきれないなぁって」

　赤マントを倒しても、殺された二人の少女は帰ってこない。分かっていたのに、それを今さら思い知って悩んでしまう。薫はそういう自分の馬鹿さ加減に呆れているようだった。

「私ね、ちょっとワクワクしてたんだ。不思議な出来事が現実にあって、実際に体験して。なんだか冒険気分だった。……でもマンガとは違って、本当に人が死んじゃうんだよね」

　口裂け女と赤マントの件はあったが、どちらも被害が出る前に甚夜が倒した。そのせいで薫は命の危機だと認識できていなかった。彼女にとっては、都市伝説の事件も少し怖いが珍しい体験を味わえた程度で、なにかあっても敵を倒せばめでたしめでたしで終われると思っていたのかもしれない。けれど刺激的だった事件も、一皮剥《む》ければこんなもの。もしもほんのわずかでもズレがあったのなら、惨殺された女子二人というのはみやかと薫であってもおかしくはなかった。

「葛野君が私達にいろいろ教えてくれたのも、勘違いしてた。首を突っ込んで邪魔しないようにじゃなくて、私達が危なくないように話してくれたんだね」

「まあ、な。傍にいる時は盾代わりにもなれる。だが、君達の危機にいつでも駆けつけられるような都合のいい幸運はない。どんなに走っても、間に合わないことの方が多いんだ」

　だから、そうならないように多少の事情を明かし、軽率な行動は控えて欲しいと窘《たしな》めた。それを軽く聞き流していた薫は、事情を知ってひどい自己嫌悪に陥っている。そんな彼女の額を甚夜は指先で軽く弾いた。

「いたっ」

「そう落ち込むこともない。身近なところにも危機はあると知ってくれたなら、それで十分だ」

「……う、うん」

「後は、信頼しろとまでは言わないが、多少は当てにしてもらえれば嬉しい。何もかもを救えるわけではなくとも、荒事には君達より慣れている」

いつの間にか昼休みも残りわずかになっていた。甚夜は再び食事に戻ると、薫も慌てて食べ出した。急いだせいか口の周りがミートソースで汚れていたのでティッシュを渡す。

「ほら。これで口を拭くといい」

「あ、ありがと。なんかすごく子供扱いされてる気がする……」

薫が半目で睨《にら》んでくる。確かに同級生にする態度ではなかった。ただ昔の感覚が抜けていないのか、薫を前にすると野茉莉《のまり》がいた頃を思い出してしまうのだ。

「それは仕方がないと思ってくれ。なにせ、私はとうに百歳を超えているからな。実際、君達は孫娘のようなものだよ」

「えっ？　それって」

「さて、授業に遅れる。そろそろ教室へ戻ろう」

「えっ？　ちょ、ちょっと待って⁉」

大口を開けている薫を置いて甚夜は席を離れた。食器を返却口に片付けて、出入り口付近で薫が来るのを待つ。

「ごめんね、お待たせ」

「ああ、では行くか」

百年生きていると話しても彼女の態度に変化はなかった。単なる冗談だと思ったようだ。信じられないのも無理はない。あまり気にせず学食を出て、多少早足で教室へ戻る。学食があるのはA棟一階、1－Cの教室はB棟の四階。学食は綺麗で料理もおいしいが、距離が遠いのだけは難点だ。

先程途切れてしまった雑談の続きを話しながら廊下を歩いていたが、しばらくすると薫が不意に足を止めた。

「どうした？」

「あれって……」

釣られて横目で見れば、廊下には三人組の女子生徒がいる。覚えのない顔のため、多分違うクラスだろう。彼女らの視線の先はクラスメイトの、確か名前は吉岡麻衣だったか。一応名前と顔は一致しているが、ほとんど喋ったことのない相手だった。

グラウンドで何かを拾い集めている吉岡を指さしながら、三人の女子はくすくすと笑っている。どう見ても好意的なものではない。人を見下す卑しい笑みだ。

薫が顔を顰《しか》め、ただ三人組をじっと見つめている。それに気付いた彼女らは不愉快そうな顔で睨み返してきたが、甚夜の姿を確認すると気まずそうに目を逸らす。童顔の薫だけならともかく甚夜の方は筋肉質な強面の男だ、因縁をつけられたくないとでも思ったらしく、毒づきながらもすごすごと去っていった。

「ああいうの、嫌いだな。あっ、ちょっと行ってくるね！」

言葉通り怒りに満ちた声音で薫は呟き、グラウンドへ向かって走り出す。

まっすぐな性格をしている。彼女は思考と行動がほぼ同時だが、それが悪いとは思わなかった。

後を追ってグラウンドに行くと、ひどく辛そうな顔で腰をかがめている吉岡と彼女の拾っていたものが目に入った。乱雑に捨てられていたのは教科書や筆箱。鞄ごと中身をぶちまけられたらしく、砂まみれになってしまっている。

「大丈夫──?」

「ひっ、あっ、あの」

声をかけると、吉岡は必要以上に怯《おび》えて身を竦《すく》めた。薫が返答を待たず、すぐにグラウンドに捨てられている教科書などを拾い始める。甚夜もそれを手伝い、全て拾い終えたところで薫は警戒を解きほぐすように無邪気な笑みで教科書類を渡した。

「はいっ」

「あ……」

それでもまだ怯えは消えていない。何も言えず固まったままの吉岡は、今にも泣き出しそうだ。

薫の方もどうすればいいのか分からないらしく戸惑っている。その状態がしばらく続いたが、横から飛んできた声にようやく空気が動く。

「おい、麻衣。大丈夫かっ⁉」

グラウンドに響いた声は、叫びに近い荒々しさだった。駆け付けた声の主は富島柳だ。彼は二人の間に割り込むと、吉岡を庇《かば》うように背中へ隠した。

富島がざっと周囲を見回し、表情を険しくする。おそらく彼は、薫こそが吉岡に嫌がらせをした張本人だとでも思っているのだろう。睨み付ける眼光は、少女に向けるものとは思えないほど鋭い。怒りを隠さない視線に気圧されて、薫はおろおろとしていた。

「梓屋は、落ちていた荷物を拾ってやっただけだ。そう殺気立たないでやってくれ」

善意の結果がこれでは可哀そうだ。甚夜が窘めると、富島が吉岡へ視線で確認を取る。こくり、と頷きの答えを受け取ると訝《いぶか》しげに甚夜と薫を交互に見て、ようやく納得したのか肩から力を抜いた。

「そう、なのか？」

「う、うん……」

「……そっか、ごめん。ちょっと過敏になってたみたいだ」

息を吐いた富島は、普段通りの気のいい少年に戻っていた。

「梓屋さん、ごめん。勘違いで、怖がらせた」

「ううん、私の方こそ。誤解させちゃったみたいだし」

「悪いのはあきらかにこっちだよ。葛野もすまん、俺、冷静じゃなかった」

気にするな、と軽く手を振って応える。

どうにか場が落ち着くと、耐えかねたのか吉岡がくいくいと富島の制服の袖を引っ張る。

「ああ、悪い。俺らは先に行くよ。荷物拾ってくれてサンキュな」

「そいつは梓屋に。私は手伝っただけだ」

「それじゃあ、改めて。梓屋さん、ありがとう。ほら、麻衣もちゃんとお礼を言いなさい」

促された吉岡は小さな声で感謝を伝えたが、それで精一杯だったらしくすぐに俯いてしまう。代わりに富島がもう一度謝罪してから、吉岡の手を引いてその場を離れた。

カチカチ、と奇妙な音が鳴った。

彼らの去り際に、甚夜は固く冷たい音を確かに聞いた。今のは、いったい。確認しようにも二人は既におらず、もう音は聞こえなかった。同じ場所にいた薫はなんの反応も示していない。しかし気のせいにしては、やけにはっきりと聞こえた。

「ごめんね、葛野君。変なことに付き合わせて」

答えは出ないまま、薫の呼びかけに思考を止められる。感謝の言葉もそこそこで逃げ出すように去っていった吉岡らを見送っても、薫は特に不機嫌でもなかった。くるりと甚夜の方を向いた彼女は、不快というよりはやりきれないといった様子だ。

「それは構わないが」

「高校生になったのに、まだあんな子供みたいなことする人がいるんだね。ほんと、嫌な感じ」

リボンで結んだ髪を揺らし、薫は怒りを全身で訴える。

吉岡を疎《うと》む誰かがグラウンドに鞄を捨てたのは、容易に想像できた。あの怯えようは、これが一回だけではなく日常的に行われている証拠だ。あれが学校でのいじめというやつなのだろうと、甚夜は遅れて気付いた。狭い空間に人を閉じ込めれば諍《いさか》いの一つ二つ出るものだが、あの手の陰湿なやり口は好きにはなれそうもなかった。

「都市伝説も怖いけど、ああいうのも怖いね」

「そうだな」

人同士の問題は斬っておしまいとはいかない。いじめる側を諭したところで意味はなく、いじめられる側に強さを求めるのも難しい。所詮甚夜にできるのは斬るくらい。吉岡を取り巻く問題は解決できそうもなかった。

「戻るか」

「そうだね」

二人は口数少なく教室へと戻る。嫌なものを見たせいで、学食での楽しい気分はどこかへ行ってしまっていた。そして気になるのは、やはりあの音だ。カチカチと鳴ったあれは、どこかで聞いた覚えがあった。少し考えると、つい最近使う機会があったため比較的簡単に思い当たった。

「カッターの刃を出す時の音だ……」

学校でも使う機会は多い。カチカチという独特な音が、何故か耳にこびりついて離れてくれなかった。

2

吉岡麻衣が中学三年生だった頃の話である。

初めのきっかけは何だったのか、もう思い出せない。暗い性格だったからか、それとも容姿がぱっとしないからか。人見知りが激しく引っ込み思案なところや、成績が良く真面目なおかげで教師受けだけはよかったのが気に障ったのかもしれない。後は声。耳障りと言われたことが何度かあったから、それのせいだろうか。

心当たりはいくつかあるが、初めのきっかけが何だったのか彼女にはもう思い出せない。

『なんかさ、あの子暗いしおどおどして、ウザくね？』

『あっ、分かる。あざといしさ。なんか作ったみたいな声で、男子に媚びてるの』

『マジでキモい』

『だからさぁ』

『それ、いいじゃん』

『じゃあ皆にも……』

明確に何かをしたわけではない。しかし、いつの間にかクラスに居場所はなくなっていた。

『あれ、次の授業、移動教室になったのに聞いてなかったの？』

『大方男と遊んでて忘れてたんじゃない？』

連絡事項が回ってこないのは当たり前。一人先生に怒られて、クラス全員の笑い者にされた。上履きや教科書を捨てられたのなんて数え切れないくらい。体操服を切り刻まれたり、足を引っ掛けられて転ばされたり……バケツの汚い水を頭からかけられて、雑巾で無理矢理顔を拭かれたりもした。

『汚れちゃったみたいだし拭いてあげる！』

『うわ、きったねぇ』

『あははは、くっせぇ！』

ごめんなさい、許してください。

泣いて謝るほどに彼女達は喜んで、周りのクラスメイトも楽しそうに笑った。それでも我慢して学校に通っていたが、毎日が辛くて朝になると嘔吐した。

学校が怖い。クラスの皆が、笑い声が、視線が怖い。夜寝ると朝が来るから怖い。何もかもが怖くなって彼女は不登校になり、部屋で引きこもるようになった。

誰にも見られないようカーテンを閉めて電気を消して、ただ時間が過ぎるのを待つ。時折鳴るインターホンに体を震わせる。誰もいない部屋なのに、あの笑い声が木霊《こだま》している。心底楽しそうな視線がまとわりついている。

「もう、いや……」

なんで自分ばかりこんな目に合わないといけないのだろう。

ぎしぎし、ぎしぎしと。鈍い音を立てて痛みが広がる。軋《きし》む心はまるで錆びついた鉄のようだと、暗い部屋で麻衣は思った。

不登校になってどれくらい経ったのか。嘆くだけの日々は長く続いた。

それでも、救いはあったのかもしれない。

『おーい、麻衣。たいやき買ってきたけど食べる？』

富島柳。中学二年の頃、ちょっとしたきっかけで仲良くなった別のクラスの男子だった。

クラスが違って教室も離れていたから、麻衣が遭っていたいじめについて詳しく知らないのか。それとも分かっていて気付かないふりをしてくれていたのか。以前と変わらない態度で、彼は引きこもってしまった麻衣に何度も会いに来た。

まだいじめられていなかった中学二年生の頃。図書室でいきなり知らない男子に話しかけられて、すごく驚いたのをよく覚えている。

『……それ、面白い？』

それをきっかけに交流が始まった。彼は人見知りも物怖じもしない性格で、図書室で会う度に声をかけてくれた。

中学最後の年も同じクラスにはなれなかったが、放課後にはサッカー部の練習が終わるまで図書室で本を読んで、一緒に寄り道をしながら帰った。休みの日には遊びに出かけたりもした。女子に人気のある柳からすれば、麻衣は仲のいい女子の一人でしかないだろう。けれど麻衣にとっては一番仲のいい男子だ。もしかしたら女子を含めても一番だったかもしれない。

けれど、今は誰の声であっても怖くてたまらない。だから彼が訪ねてきても会いたいと思えなかった。このままなら柳も呆れてすぐに見捨てるはずだ。そう思っていたが、彼は毎日のように麻衣の部屋の前で独り言を零《こぼ》すようになった。

『サッカー、最後の大会だからさ。ちょっと気合い入れてるんだ。見に来てとは言わないから、応援してくれてると嬉しい』

聞いてはいるが返事はしない。声を聞かれたら嫌われてしまうような気がした。

『そういや最近、図書室行ってないなぁ。なんか俺でも読めそうなやつない？』

最近は本も面白くない。以前はあれだけ大切だったのに。

『インターミドル、準優勝だった。周りはすごいって言ってくれてるけどさ、もしあの時、俺がシュート外さなきゃ』

その日は彼の声も沈んでいた。しかし慰めも励ましも、自分が口にしたら価値がなくなってしまう。

『俺さ、戻川高校を受験するつもりなんだ。できれば、麻衣と一緒に高校通いたいって思ってる。……気に留めといてくれると嬉しい』

どれだけ話しかけられても何も返せなかった。なのに、雨の日も風の日も彼はやってきた。無理に「出てこい」というのではない、心配していると伝えるのでもない。ただ雑談を振るだけ。友達とそうするように、くだらない話を持ち掛けてくる。

特別なことは何もなかった。なのに、涙があふれるのは何故だろう。

だから、きっと救いはあった。なにもかもが怖くなっても、差し伸べられた手はちゃんと在ってくれたのだから。

それからしばらくの時が過ぎた。麻衣は部屋を出て、けれど学校へ戻るほどの勇気はなく、フリースクールに通いながら受験勉強を重ねた。支えたのは勿論《もちろん》、柳だ。一緒に高校へ行こうと二人は約束を交わし、受験にも見事合格した。いじめ、不登校。吉岡麻衣は、富島柳の支えによって暗い過去を振り切ったのだ。

……けれど戻川高校に合格したのは、彼女達だけではなかった。入学式当日、思いがけない再会が麻衣を待っていた。

『ねえ、あれ』

『あんた……』

『へぇ、同じ高校だったんだぁ』

麻衣のいじめの主犯格であった三人の女子もまた、戻川高校の新一年生だった。

中学の卒業で全てが終わったのではない。あの頃とは場所が変わっただけで、彼女にとっての地獄はまだ続いていた。

◆

「ねえ、みやかちゃん。百歳を超えてる人っているのかな？」

授業の合間の休憩時間、妙に真剣な表情で薫がそんなことを聞いてきた。

「昔、百歳超えた双子のお婆ちゃんがテレビに出てたけど」

「あ、そういえばそうだよね」

「どうしたの、いきなり？」

　薫の視線は、集まって雑談を交わしている男子の方に向けられている。話が盛り上がっているようで、離れているみやか達のところまで笑い声が聞こえてくる。その中には、最近なにかと縁のある葛野甚夜の姿もあった。

「昨日ね、葛野君と一緒に学食でお昼食べてた時、百歳超えてるって言ってたから」

「……それ、からかわれただけだと思う」

　いくらなんでもそれはない。確かに甚夜は色々と常識外れだが、単に薫をからかっただけだろう。

「そうかなぁ。葛野君、そういう冗談言うタイプにも見えないし」

　薫は納得しきれていない様子だ。冗談を言いそうにないというのは同意するが、百歳というのはあからさまな嘘だ。みやかからすると、薫が何故そこまで気にしているのかが分からない。純粋なのか、甚夜の語り口がよほど真に迫っていたのか。若干ずれてはいるが、素直に人を信じられるのは彼女のいいところではあるのかもしれない。

「あっ、そうだ。飴食べる？　コンビニで買って来たんだ。ゴージャスミルクキャンディ、一袋６８０円」

「ありがと。というか、ただのキャンディの癖に妙に強気な値段設定だね」

「それは私も思うなぁ。でもおいしいんだ、これ」

一つもらって口に放り込む。濃厚な生クリームのような味わいで、確かに結構おいしい。

薫もキャンディを頬張っている。そこで何か思い立ったのか、急に席を立った。向かった先は、静かに読書をしていたクラスの女子、吉岡麻衣の席だった。

「吉岡さん、飴食べる？」

「え……？」

「これ、おいしいよ」

前置きもなくいきなりキャンディを差し出されて、麻衣が困惑している。物怖じしないのは薫のいいところだとは思うが、突飛すぎるのはよくない。みやかも後をついて行き、少しとりなしておく。

「薫、前置きなしでいきなり言われても困るから。ごめんね、吉岡さん」

「いえ……」

「お近づきの印、くらいに思ってくれればいいと思う。私ももらったから」

自分の頬を指しながら穏やかに言えば、それで納得したのか、ぎこちないながら麻衣は微笑みを返してくれた。

「それでは、いただきます」

「うん、どうぞ！」

嬉しそうに、弾んだ声で薫は満面の笑みを見せた。

あまり話したことはなかったけど、吉岡麻衣は決して悪い子ではなさそうだ。それに初めてしっかり聞いた彼女の声は特徴的で、とても澄んでいて綺麗だった。

「あの、梓屋さん。昨日はごめんなさい。せっかく拾ってくれたのに」

「ううん、こっちこそごめんね。なんか驚かせちゃったみたいで」

三人で休憩時間が終わるまでお喋りをする。珍しい組み合わせだったが、たまにはこういうのも悪くなかった。

◆

甚夜は三人の様子を、クラスの男子と雑談しながら横目で見ていた。それは富島柳も同じだ。彼はよく吉岡麻衣の様子を窺《うかが》っている。近づく薫達を警戒していたようだが、和やかに皆でキャンディを食べている姿に安堵したのか、眼差しは優しいものに変化した。

「安心したか？」

甚夜がそう言えば、曖昧な表情が返ってきた。気付かれないようにしていたつもりなのだろう。柳は恥ずかしそうに頬をかいていた。

「ああ、バレてたのか？」

「そうだな。恥ずかしがることもないだろう。大切な相手なら気にかけるのは当然だ」

「た、大切な相手……葛野はもう少し恥ずかしがって欲しいんだけど」

「爺ちゃん、やめてあげてくれ。もうちょっと若者に気遣いをしてくれよ」

甚夜の無遠慮な物言いを夏樹が窘める。同年代だから柳の心境も理解できるのだろう。その気遣いに柳は安心したようだったが、今度は表情を暗くした。

「麻衣、中学の頃に同じクラスの女子に嫌がらせ受けていたことがあってさ。だから俺、ちょっと過敏かもしれないけど、一応気にかけてはいるんだよ」

「なら、もう少し一緒にいてもいいんじゃないか？」

夏樹の提案に柳は首を振る。

「そこまであからさまだと、麻衣が気にする」

だからあくまでも普通の友人として一緒にいる時は一緒にいるし、そうでない時もある。そういう態度を崩すつもりはないそうだ。柳の顔は怒りに歪んでいる。過去の麻衣に対するいじめを思い出しているのかもしれない。

夏樹もそれに共感をしたのか、それならと甚夜の肩に手を置いた。

「ならさ、爺ちゃん。俺らも気にしとこうぜ。なんかあったら富島に伝えるってことで」

「そうだな。これでも荒事には慣れている。なにかあれば手を貸そう」

「いや、荒事はなしで頼むよ。いくらいじめっ子が相手でも、爺ちゃんが手を出すのはさ。お願いだから無茶なことしないでくれ」

「分かっているよ。しかし、信用がないな」

「信用も信頼もしてるけど、例えば俺が誰かにいじめられたらどうする？」

「……ああ、確かに夏樹の危惧は正しい」

夏樹が誰かにいじめられたら、おそらく甚夜は加害者を許すことができない。殺すまではいかないが、相応の報復はするだろう。

じゃれ合うような甚夜達のやりとりに気が抜けたのか、柳が心底安堵したような笑みを浮かべた。

「悪いな、藤堂。葛野も。頼むよ、俺、もうあいつのあんな姿見たくないんだ」

「おう、まかせろ。みこにもそれとなく頼んでおく。ところで富島と吉岡って、ロマンティックな組み合わせだよな。なんというか、劇的な感じがする」

「はは、何の話だよ」

力強く頷く夏樹に甚夜は嬉しくなった。

芳彦と希美子のひ孫はいい子に育っている。こうした成長をこの目で見られるのは、年寄りにとってはなによりの楽しみだった。

◆

富島柳という男子は、クラスでも奇妙な人物として有名である。といっても、奇行やおかしな言動があるわけではない。彼はいわゆる整った容姿をしていて、成績優秀で運動もできる。中学の頃はサッカー部に所属し、一年生からレギュラーでインターミドルではエースとして活躍。最後の大会ではチームを準優勝にまで導いている。性格も悪くはない。年上には礼儀正しく、同年代にも気さくで対応は柔らかい。時には男子連中と悪乗りをしたりもする快活な少年だった。

しかし、柳は奇妙だと評される。その始まりは部活の入部期間だ。中学時代エース級の活躍を見せた彼は、当然高校でもサッカー部に入ると誰もが思っていた。実際、戻川高校のサッカー部から熱烈な勧誘を受けていたし、高校でも素晴らしい活躍を見せてくれると教師陣は大いに期待していた。にもかかわらず、富島柳は何故か部員が一人しかいない放送部に入部したのだ。

これには多くの者が驚いた。お前ほどの選手が何故。今からでも遅くない、考え直せ。放送部に入部した後も、彼のところには同じ中学出身の先輩が訪ねて来る。しかし周りの期待なんてどこ吹く風で、本人は昼休みの放送で自分の好きな音楽を流して楽しんでいる。それでいて体育の時間では、サッカー部に入部した男子よりも見事な業前《わざまえ》を披露する。類まれな才能がありながらいとも容易《たやす》くそれを無駄にする彼は、クラスでも不思議な人だと噂されていた。

もう一つ、同学年の女子が口を揃えて言うことだが、富島柳には理解し難いところがあった。

「麻衣、どこいくんだ？」

「あっ、柳くん。図書室に」

「相変わらず好きだなぁ。ちょっと待って、俺もついてく。荷物持ちがいるだろ」

「本くらい持てるよ……」

非の打ち所がないように見える柳は、女子にも人気が高い。彼とお近づきになろうという者も多いのだが、あえなく袖にされていた。

そんな彼が御執心なのは、吉岡麻衣という地味な女子である。特別可愛いわけではない、いつもクラスの端っこにいるような地味な少女だ。口さがない女子は「富島君にひっついている、べたべたしている」と表現しているが、実際は逆で、柳の方が麻衣の後を追っかけているというのが本当のところだった。

「やっぱ、不思議ではあるよねー」

お昼休み、みやかは教室で弁当を食べていた。今日は甚夜達ではなく、クラスメイトの桃恵萌と向かい合って食事をしている。萌はメロンパンを食べながら、早々に食事を終えて図書室へと向かう柳達を眺めていた。萌の目から見ても、あの二人の関係は奇妙に映るらしい。

「姫川はどう思う？　正直、富島ならもっとレベル高い女子でもいけるっしょ」

「どう、と言われても。吉岡さんいい子だから、あんまり不思議でもないけど。それに富島君もそういうの気にするタイプでもなさそうだし」

最近は麻衣とそこそこ話すようになったから、自然と擁護に回る。物静かで少しおどおどしているけれど、素直ないい子だ。柳が気に入っているのも何となく分かる。みやかにしてみれば二人の関係よりも、自分が何故萌と一緒に昼食をとっているかの方が不思議だった。

先週に引き続き今日も職員室へ行く用事があったため、薫や甚夜とは別行動になった。後から合流するのも面倒だし、どうしようかと悩んでいるところに「お昼一緒にどう？」と声をかけられたのだ。

別に萌を嫌っているわけではないし、彼女との昼食に不満はない。ただそこまで親しい相手ではないのに、なぜ声をかけられたのかは分からなかった。

「可愛いより明るい性格よりお前がいい、みたいな？　そうだったらあいつ、めっちゃいい男じゃん。あっ、もしかして姫川狙ってたりする？」

「いい人だとは思うけど、あんまり話したことないから分からない、かな」

「意外と真面目な返し……」

萌はみやかの発言に驚いているようだった。茶色がかった髪のせいで、遊んでいるように見られていたらしい。

「そういう桃恵さんは？」

「だからアキだってば。私もパス。イケメンだとは思うけど、興味あるのは別のやつなんだ。あたし、けっこう純情だからね。今はその彼のことしか考えてないの」

「意外……」

「おっ、仕返し？」

思わず零れた感想にも笑顔で応じるあたり、彼女も大概おおらかだ。偏見かも知れないが、格好は完全にギャルなのにと思ってしまう。彼女は単に派手好みなだけで、そこまで軽い性格でもないのだろう。

「てか、姫川にもご執心の彼いるっしょ？」

「え？」

「またまた、とぼけなくっていいって。前も葛野と授業さぼってたじゃん」

「ああ……」

またその話か、とみやかは小さく息を吐いた。

赤マントの件での早退にトイレの花子さん事件など、最近は授業を休んで甚夜と一緒に行動する機会が多かった。萌はそれを邪推しているようで、しきりに二人の関係を聞こうとしてくるのだ。しかし関係を問われても、彼に助けられたというだけ。彼女が期待するような艶っぽい話などまったくなかった。

「だから、なんにもないって」

「いいじゃん、ちょっとぐらい教えてよ。藤堂に聞いても全然だしさぁ」

クラスメイトの藤堂夏樹は、何故か甚夜のことを「爺ちゃん」と呼び、かなり親しそうにしている。その辺りから情報を得ようとしているようだが、それも失敗らしい。

「そういや藤堂って言えば、なんか『富島と吉岡ってロマンティックな組み合わせ』とか言ってたんだけど、どういう意味か分かる？」

「なにそれ？」

「前に葛野のこと聞いた時、ちょっと脱線してあの二人のことも話したのよね。そしたら、なんかしみじみ言っててさ」

「ロマンティック……ちょっと分からないかな」

「だよねぇ。なんだろ、藤堂のやつ意外と運命の赤い糸とか信じるタイプなんかね」

藤堂夏樹には何か感じ入るところがあったのかもしれないが、みやかには意味が分からなかった。それはそれとして、話が逸れた隙に席を立つ。

「ごめん、ちょっと手水《ちょうず》行ってくるね」

「古臭い言い方するね？　それトイレって分かるやつ、あんまりいないでしょ」

萌が知っていたのは意外だったが、適当に返事をして逃げるように教室を出る。妙なところで彼女のことを見直しつつ、言いわけだけでなく本当にお手洗いへ向かう。早足になったのは、「ご執心の彼」という言い回しに恥ずかしさを感じていたからだ。

廊下を先生に怒られない程度に急いで女子トイレへ入ると、中で三人組の女子とすれ違った。その時にみやかは、穏当でない会話を聞いてしまった。

「吉岡のやつ、ほんとウザい」

「富島君も迷惑してるってのにさ」

「ねぇねぇ、いい考えあるんだけど……」

吉岡も富島も、先程まで話題に上がっていたクラスメイトだ。人気のある男子に構われる女子は嫉妬を集める構図だと納得もするが、陰口というのは聞いていて気持ちいいものではない。最近は麻衣と仲良くしていることもあり、ひどく気分を害されてしまった。

◆

戻川高校での生活は、吉岡麻衣にとって比較的落ち着いたものだった。

「麻衣、おはよ」

「うん、おはよう。柳くん」

一緒に受験をした富島柳は、偶然だが同じクラスになった。もともと鈍くさいのは自覚しているが、転びそうになると柳が支えてくれたり、時々一緒に図書室で本を読んだりと彼との関係は今も良好だ。

「やっぱり俺、こういうの向いてないなぁ。眠くなってきた」

「もう、柳くんてば」

　図書室には付き合ってくれるが、やはり読書は苦手らしい。机に突っ伏す彼は、普段とは違いだらしない顔をしている。それが嬉しい。こうやって寛《くつろ》いだ表情をするのは、少しくらいは気を許してくれている証拠だと思えた。

「ここの学食、うまいよな」

「そうだね。……あ」

「そういや、トマト駄目だったっけ。もらっていい？」

「あ、ありがと……ごめんね」

「いや、俺好きだし。代わりにデザートのオレンジをプレゼント」

　食事の時も一緒になることが多い。毎回、不平等なトレードが起こってしまうのが申しわけない。遠慮しても押し切られて、結局彼の好意に甘えてしまう。

「吉岡さん、次の授業移動教室に変更だって」

「化学教室、一緒に行かない？」

　クラスメイトの女子とも少し打ち解けた。梓屋薫に、姫川みやかの二人だ。梓屋の方は、前の一件で気を遣ってくれているのかもしれない。中学の頃のクラスメイトはいじめてくるか無視をするか、どちらにしても敵だった。しかし姫川達との何気ない会話のおかげで、教室で過ごす時間が楽になった。

「これでいいか?」

「あ、はい……ありがとう、ございます」

クラスの男子、葛野甚夜もよく気を遣ってくれる。いかつい顔で長身。見た目は少し怖いけれど、図書室で届かないところにある本を取ってもらったことがあった。姫川や梓屋とも仲がいいみたいで、よく一緒にいるのを見る。少しだけ喋ったが、見た目と違って穏やかな人だった。

中学三年の頃とは全然違う。学校に通うのが苦痛ではない。それどころか、楽しいと思えるようになってきていた。

「あ……」

だから大丈夫だ。教科書が捨てられたり、上履きがなくなっていたり、席に画びょうがばらまかれていても。それは同じクラスの子がやったわけではないのだからなにも問題はない。

嫌がらせをしているのは、多分あの女子三人組。中学の頃のいじめのリーダー格だ。違うクラスになって、合同体育の時もクラスが離れているから一緒になることはないのが救いだが、嫌がらせはまだ続いている。

いったい、いつになれば終わるのか。どうすればいいのだろう。

少し楽になったことで、些細な痛みは際立って感じられる。

「でも、大丈夫……」

麻衣は唇を一文字に結んだ。何度も大丈夫だと自分に言い聞かせる。今はちゃんと学校に通えている、あの頃とは違う。ここでまた逃げ出しては、暗い部屋から自分を連れ出してくれた柳に申しわけが立たない。

誰にも気づかれないよう画びょうを片付けながら、頑張ろうと心に決めた。

そんなある日の昼休み。

図書室で本を読んでいると、クラスの女子が柳の伝言を持ってきてくれた。

「吉岡さん。富島君から伝言、用事があるから体育館裏まで来て欲しいってさ」

今日は先に部室の方に用事があるから、図書室で待っていて欲しいと頼まれた。それから食事に行くはずだったが、予定が変わったらしい。

わざわざ来てくれた女子にお礼を言った麻衣は、素直に呼び出された場所へと向かう。

「はぁい、待ってたよ、吉岡さん」

「男に誘われたらホイホイ来るんだねぇ」

「あはは、ばっかみたい」

中学の頃よりも平穏な日々に、知らず警戒心が薄れていた。体育館裏で待っていたのは富島柳ではない。麻衣をいじめていた三人の女子と、その取り巻きの男子だった。

◇

昼休み、甚夜達は学食で昼食をとっていた。

食べながら雑談をしていると、みやかが思い出したように話を振った。

「そうだ、葛野君。聞きたいことがあるんだけど」

「どうした？」

「藤堂君が言ってたらしいんだけど。『富島と吉岡がロマンティックな組み合わせ』ってどういう意味か分かる？」

「夏樹が？　ああ、成程。確かにロマンがあるな」

付き合いが長いだけに、夏樹の言いたいことはすぐに分かった。

「映画の話だよ。夏樹はもともと東京の生まれで、実家は昔ながらのキネマ館だからな。子供の頃は古い作品をよく見ていた。富島と吉岡というのは、古い恋愛映画の主人公とそのお相手の女性だ」

「ああ、だからロマンティック」

古い恋愛映画の主人公とヒロインを、あの二人に重ねたのだろう。ただでさえ仲のいい二人が今後、恋愛映画のように仲を深めていくのではと想像するのは、確かに少し面白かった。

「そっか、ありがとう。ようやく意味が分かった。ちなみに、葛野君も見たことあるの？」

「一応は。小説が原作の映画だが、戦後間もなかったからＧＨＱの検閲でいい場面が軒並み切られていてな。出来は正直満足いかなかったよ」

「へぇ、古い作品だとそういうのもあるんだ」

勿論みやかには、甚夜がそれをリアルタイムで見ていたなんてことは分からない。しかし普通にその映画に興味を惹かれたようだ。

「どんな映画なの？」

「無法松の一生。主人公の富島松五郎《まつごろう》と、未亡人の吉岡良子《よしこ》との交流を描いた作品だ。富島は〝ひきこ〟、吉岡は〝陸軍大尉の夫人〟だった。身分違いの恋が題材となっている」

「私は、そういうの好きだな。少し見てみたいかも」

この手の恋愛ものは、いつの時代も人気がある。みやかも気に入ったようで、いつもより楽しそうだ。

「ところで、ひきこってなに？」

「人力車の車夫のことだ。車を引くから、昔は引き子という俗称で呼ばれていた」

「そうなんだ。人力車は、京都の観光で一度乗ったことがあるよ」

「夏樹が富島と無法松の一生を繋げたのは、ひきこのせいだな。『やなぎ』というのは引き子の言葉で、静かに隠れるように車を引くことを意味しているんだ」

「それなら富島君は本当に主人公だ。麻衣は未亡人じゃないけれど」

みやかがくすりと笑う。映画談義は意外と盛り上がり、しばらくお気に入りの作品の話が続いた。ただ、薫はあまり参加せず「引き子、どこかで聞いたような……」と何か考え込んでいた。

食事を終えて学食を出ると、出入り口で柳を見つけた。

「おかしいな……」

中に入るでもなく、周囲を見回してはしきりに小首を傾げている。近付くと甚夜達に気付き、柳はからかうように笑った。

「おう、葛野。両手に花で飯か？」

「いや、春の花に天女だ」

軽口は事情を知らない柳には伝わらず、特に反応もなかった。茶化した言い方をするわりには落ち着かない様子だ。話の途中でもきょろきょろと辺りを見回している。

「そうだ。麻衣のやつ見なかったか？　図書室にいなかったんだけど」

「教室では見なかったが。学食、にもいなさそうだな」

「そっか。どこ行ったんだろう……」

詳しく事情を聞くと、麻衣と一緒に昼食をとるつもりだったが、放送部の部室に用があったため柳は先にそちらへ向かったらしい。その後、待ち合わせ場所の図書室に迎えに行ったのだが、肝心の麻衣の姿がない。図書室をぐるりと一周回ったがどこにもおらず、メールを何度か送ってみてもマナーモードになっているのか返信はなかった。

教室にいないのも確認済み。もしかして先に行ったのかもしれないと、四度目のメールを送り学食へ向かった。しかしそこにも麻衣はおらず、どうしたものかと考えていたところで甚夜達と出くわしたそうだ。

「私達も見てないよ」

みやかがそう言うと、柳はさらに悩み込む。その時、ちょうど通りがかった同じクラスの女子に声をかけられた。

「あっ、富島君。吉岡さんと会えた？　ちゃんと伝えといたけど」

「会えてないけど、どういうことだ？」

「だから、違うクラスの女の子から伝言。富島君が体育館裏で待ってるから、吉岡さんに伝えてって。富島君が頼んだんでしょ？」

「いや、俺はそんなこと頼んでない……」

「え？」

噛み合わない会話の意味に気付いたのだろう、柳が焦り出した。

話の通りなら麻衣は、柳の名を騙《かた》る誰かに呼び出されて体育館裏に行った。普通の友人なら、わざわざそんな回りくどい真似をする必要がない。おそらく呼び出したのは、普通ならついていかないような相手だ。

「悪い！　俺、行ってくるっ！」

「私もついて行くか？」

「いや、俺一人でいい！　それより、もしものために先生を呼んどいてくれ！」

柳が弾かれたように走り出す。元サッカー部だけに足が速い。人混みの中でも誰にもぶつからず、彼の姿はすぐに見えなくなった。

甚夜は声をかけようとしたが、途中で止めた。カチカチと奇妙な音がまた聞こえたせいだ。

「……あれ？　今、変な音がしなかった？」

「おそらく、カッターの刃をゆっくり出す時の音だ。以前も富島と話した後に聞こえた」

「あっ、それだ。でも、なんで……？」

今度は甚夜だけでなく薫にも聞こえたようで、疑問を抱いたのか彼女は難しい顔をしていた。

「君は、なにか聞こえたか？」

「ううん、特には」

一応確認したが、みやかは気付かなかったらしい。学食付近は騒音が大きくそのせいで聞き逃したのかとも思ったが、どうにも腑に落ちない。

「……ねえ、葛野君。もしかして」

しかし薫にとっては、柳と麻衣の方が気がかりのようだ。不安そうな顔をしている。

「ああ。多分、吉岡に嫌がらせをした奴らだろうな」

「大丈夫かな」

「富島が行ったんだ、大事にはならんと思う。一応、様子を見てこよう。教師に伝えるのは任せてもいいか？」

薫はしっかりと頷いてくれた。

柳に聞いた話では、麻衣へのいじめの先導をしているのは同じ中学出身の女子らしい。彼一人でも十分ことは足りると思うが、徒党を組んで襲い掛かる可能性もある。

「まったく、都市伝説よりもいじめの方が余程厄介だ」

甚夜は何気なくそう言った。特に深い意味はなかったが、何故か薫が大きく目を見開いた。

「……え？　か、葛野君、今、なんて？」

その戸惑いの意味が甚夜には分からない。見る見るうちに薫の顔面が青白くなっていく。

「どうした、梓屋？」

「どう、しよう。葛野君、どうしよう。あのカッターの音の意味、分かっちゃった。たぶんあれ、富島君の体から聞こえてきたんだよ」

　いきなり話が飛んだ。けれど薫の中では繋がっているのか、確信を持った言い方だった。

「は、早く追わないと。富島君、ひきこだったんだよ……。もしかしたら、大変なことになる」

「映画の話か？」

「違う、いじめと都市伝説の話っ！　富島君、『ひきこさん』だったの……！」

《ひきこさん》
「いじめ」と「ひきこもり」という近代の問題を背景にした新しい学校の怪談。口頭の噂で流布された口裂け女や赤マントとは違い、インターネットの普及により語られるようになった新形態の都市伝説といえる。
　雨の日のこと、遮られた視界の向こうに人影を見つける。それと共に、ずるずると何かを引きずるような音が雨音の中でも聞こえてくる。
　人影は白いぼろぼろの着物を着て、人形のようなものを引きずっている女だ。よく見れば女の目はつり上がり、口は耳元まで裂けている。ずたずたに引き裂かれた容貌は、目を背けたくなるほど恐ろしい。女が引きずっているものは、人形ではなく人間だ。彼女は小学生ほどの子供を、無造作に引きずり回していたのだ。

女の名は、ひきこさん。自分の姿を見た子供を捕らえて肉塊になるまで引きずり回し、決まった場所に連れて行って死ぬまで放置する、残虐かつ暴力性の高い都市伝説である。

ひきこさんの本名は、森妃姫子《もりひきこ》。元は背が高くて成績優秀、顔も可愛くて心優しく、先生からも可愛がられていた少女だった。しかしそれを妬んだ他の生徒からいじめられ、彼女は不登校になった。かつて受けた酷《ひど》いいじめから心を病み、暗い部屋で怪異と化した彼女は、いじめの加害者への恨みから子供を捕まえては肉塊と化すまで引きずり回しているのだという。口裂け女のように裂けた口は、カッターによる自傷である。

ひきこさんはいじめに対する忌避と恐怖、不登校へのマイナスイメージの具象化だ。反して、いじめ加害者が裁かれないというジレンマから生まれたこの怪人は、恐怖の対象でありながら「法律とは関係ないところでいじめ加害者に制裁を加える」というダークヒーロー的側面を持っていた。事実、彼女は残虐な性質とは裏腹にいじめられっ子を襲わず、雨の日に狙ったようにいじめっ子の前へ姿を現すという特性がある。

社会問題が生み出した都市伝説。そういう意味では、現象の具象化という怪異のテンプレートを踏襲した存在だと言えるだろう。ちなみに危険な都市伝説ではあるが、その対処法は簡単。鏡を見せれば、それだけでひきこさんは逃げていくそうだ。

薫が焦りながら甚夜に詰め寄り、自身の推測を語る。

「ひきこさん。それも都市伝説なのか？」

「そう、だから。富島君が危なくて！」

この状況で危機感を抱いているのは薫だけだ。というのも、そもそも甚夜はＮＮＮ臨時放送やひきこさんについて知らなかった。

理由は非常に単純だ。一口に都市伝説といっても、流布された年代によって伝播のしくみも定着の仕方も大きく異なる。口裂け女や赤マントは昭和に流行した都市伝説。ニュースや新聞でも報道され、主に口頭で広まり噂となった。しかし、ＮＮＮ臨時放送やひきこさんは違う。これらはオカルト掲示板によって知れ渡った都市伝説であり、ネット上の創作怪談に分類される。

オカルト版発祥の都市伝説は電子掲示板やＳＮＳなど、ごく狭い範囲で語られることによって成立する。そのためネットでの知名度と現実での浸透が比例しない。百歳を超える鬼の甚夜はパソコンをほとんど触ったことがなく、怪人アンサーや八尺様、ＮＮＮ臨時放送やひきこさんといったネットから生まれた都市伝説に関する知識が足りなかった。

「よく分からんが、何かあるんだな？」

少し冷静さを取り戻した薫が現状を語る。

実際に見た麻衣へのいじめの現場と、伝聞で知った不登校だったという事実。富島柳自身がいじめられたわけではない。けれど加害者への憎しみと「ひきこ」という名前の二つの要素を持つ彼は、変則的だがひきこさんになる条件を満たしてしまったのではないか。それだけなら無視できたが、カッターの刃を出す音を聞いてしまった以上、ただの勘違いでは済ませられない。富島柳がいじめっ子を殺すような展開があってもおかしくないのだと必死に訴える。

薫の推測は決して的外れではない。憎悪に囚《とら》われて人間が怪異に堕ちる。その実例を、甚夜はよく知っていた。

「富島を追う。それでいいな？」

「う、うんっ、お願い！　急がないと多分大変なことになっちゃう！」

甚夜は返事もせずに駆け出す。

状況が把握できていないみやかは茫然としていたが、そちらを気にしている余裕はなかった。

◆

体育館裏は小さな雑木林となっており、かなり視界が悪かった。

今日は五限目に体育館を使用するクラスもない。しばらくは人が寄りつかず、見られてはいけないことをするにはおあつらえ向きの状況だろう。

「だからさぁ、あんたウザいんだよっ！」

女子生徒に突き飛ばされて、地面に転がった麻衣は小さく悲鳴を上げた。それすらも不快だと、周囲の者達は嘲笑している。

「きゃっ、だってぇ。うわっ、キモっ！」

「ブるにしても鏡見てからにすればいいのにね、ブス」

罵詈雑言が降り注ぐ。連れて来られた男子二人はさすがに引いているようだったが、彼らもまともとは言い難い。素行のよろしくない不良生徒で有名な男子であり、ここに来ている時点で麻衣に危害を加えることも容認しているはずだ。

「ほんと、鬱陶しい。富島君も可哀そうだよ、こんなのにまとわりつかれて」

「だよねぇ。優しいからボッチのあんたの相手してんのに、勘違いしちゃってさ」

「そうそう、言えないだけで内心キモイ、消えろブスって思ってるよ。そんなことも分かんないの？」

　怯えはまだ残っているが、胸にわずかな怒りが宿る。自分が馬鹿にされるのはまだいい。殴られるのも慣れている。しかし今の言葉は嫌だった。柳の優しさも、どれだけ自分のために骨を折ってくれたかも、麻衣はちゃんと分かっている。だから彼の内心を勝手に代弁する三人が許せなかった。

「……違う」

「はぁ？」

「柳くんは、そんな人じゃない。分かってないのは貴女達の方だよ……」

　いじめをする女子たちにとって、麻衣は無抵抗なおもちゃ程度としか認識していなかったのだろう。予想外の反攻に驚いた様子だった。しかし次の瞬間には顔を歪め、怒りをあらわにする。

　今さらだが、富島柳もいじめの原因の一つだったのかもしれない。女子たちの目には嫉妬が多分に混じっていた。

「ほんと、ふざけんなブス！」

憎悪に任せて女子のリーダーが転んだままの麻衣の腹を蹴る。苦悶の喘ぎに歪む顔へ唾を吐きかけ、苛立ったまま背を向ける。

「ああ、もういいわ。ねえ、あんたらやっちゃってよ。二度と表を歩けないように、とことんお願いね」

「おっ、出番？」

「ちゃんとカメラも用意してますよっと」

麻衣は男たちの笑みに恐怖を感じた。けれど激しい痛みのせいで逃げることもできない。この男子達は最初から、抵抗できない女で遊ぶのが目的だったのだ。

「じゃあ麻衣ちゃん。向こう行こうか。大丈夫、俺ら優しいから」

「富島ってモテるんだろ？　どうせいろんな女喰いまくってるんだし、麻衣ちゃんも経験してみようぜ」

中学の頃、いじめられていた。上履きを捨てられたり、体操服を切り裂かれた。雑巾で顔を無理矢理拭かれたこともある。他にも色々とされてきたが、こういういじめは初めてだった。にじり寄る男子生徒に、今まで感じてきたものとは別種の恐怖が湧き上がる。声が出ない。出たとしても意味がない。今までだって誰も助けてくれなかった。

唯一手を差し伸べてくれたのが富島柳だった。

『麻衣……』

ぞっとするくらい冷たい響きに、その場にいる全員が固まった。男子達に触れられる寸前、最悪の事態を迎える前に柳は体育館裏に現れた。彼は怒りを通り越して全くの無表情だった。いじめている現場を見られて、三人の女子生徒が慌てふためいている。

「と、富島君？」

「あ、あの、これはね？」

柳は状況を確認すると俯いた。

女子達が必死に言いわけをする。これは違うの。悪いのは吉岡の方だ。私達は被害者みたいなものと。

柳はなんの反応も見せなかった。かなりの怒りを感じているはずだが、怒鳴ることも睨みつけることもしない。ただ体を小刻みに震わせ、その場に立ち尽くしていた。彼のまとう空気は異様だ。麻衣に手を出そうとしていた男子達も、戸惑って動けずにいるようだった。

動揺したのは麻衣も例外ではなかった。助けに来てくれたのは間違いないが、どう見ても彼の様子はおかしい。心配になって声をかけようとしたが、それよりも早く柳が顔を上げた。

『ああ……あああっ！』

それを見て、麻衣は悟った。彼はいつかと同じように手を差し伸べてくれた。けれど間に合わなかったのだろう。手遅れなのは麻衣ではなく柳自身だ。彼の顔は憎悪に歪み、人のものとは思えないほど醜く変容していた。

柳は黒い感情に塗り潰されると自覚しながらも、逆らわなかった。

『ごめんね、柳くん。私、怖いよ』

扉越しに聞こえてくる嗚咽《おえつ》混じりの声を、今も覚えている。友達だと思っていたのに、引き籠《こも》ってしまうほど追い詰められていた彼女に何もできなかった。最後の大会がある、部活が忙しかった。それが何の言いわけになるのか。あの時、麻衣の味方になれたのは、自分しかいなかったのに。

後悔した柳は、高校ではサッカー部に入らなかった。あんなもの邪魔でしかない。不特定多数の賞賛と、麻衣の穏やかな日常。どちらが大切かなんて比べるまでもなかった。同じ失敗をしないよう、高校に入学してからは上手く立ち回ってきたつもりだ。クラスは落ち着いており、麻衣にも女子の友達ができた。今度こそ麻衣を守るのだと、そう思っていた。

なのに、また失敗した。

ぎしぎしと軋む心は、まるで錆びついた鉄のようだ。体の内側で鈍い音が鳴る度に、体には耐えがたい痛みが走る。

……麻衣は、大切な友達だった。もしかしたらそれ以上の想いもあったのかもしれない。麻衣が嬉しいのなら自分も嬉しいし、悲しめば自分も悲しい。麻衣の痛みは柳の痛みであり、彼女がいじめられたなら柳がいじめられたも同然である。

ならば逆のことも言えるはずだ。麻衣の喜びも悲しみも痛みも柳のものであるのなら、彼が抱いた感情は彼女のものになる。つまり、彼の憎悪は彼女の憎悪に等しい。ひきこの名を持つ者がいじめの被害者になり、加害者に強い憎しみを抱く。富島柳は吉岡麻衣と痛みを分かち合うことで、変則的ではあるが条件を満たした。

結果として、あやかしは生まれる。

いじめられたことにより湧き上がる憎悪は、富島柳を人ならざるものに変えた。

捏造された都市伝説ではない。

人の心に巣食う真なる怪異。創作でしかなかったはずの都市伝説「ひきこさん」は、ここに真実となった。

3

富島柳は昔から大抵のことを人並み以上にできた。

勉強もスポーツも努力という努力をした覚えはなく、反面、これといって得意なものもなかった。テストの成績やマラソン大会でも、毎回五指には入る。それでも一番になった経験は数えるほど。努力が足りないからではないかと、小学生の頃はがむしゃらになったこともある。けれど大した成果は得られなかった。

何事も上手くできるが、特定の競技や分野を専門とする人を越えてトップになれるほどの能力はない。多分、優秀なのではなく要領がいい。彼は自身をそう評価している。要領がいいから大した努力もなくある程度まではいけるけれど、優秀ではないからある程度で頭打ちになる。

子供の頃からずっと同じだった。頑張らなくても好成績、頑張っても一番にはなれない。なら努力にどれだけの価値があるのだろう。そう考えてしまう彼は、幼い頃からなにか一つに熱中したことがなく、何事もほどほどにが身上となった。それでいて何でもそつなくこなし、性格自体は明るく社交的だから、周りは彼を軽妙洒脱な人物と評価する。

〝富島君は格好いい。明るくて優しいし、勉強もスポーツも簡単にこなす〟

中学時代は整った容姿も相まって、女子の人気は高かった。告白も何度かされたが、誰かと付き合ったことはない。

頑張っても一番になれないのに、女子達は何でもできると囃《はや》し立てる。コンプレックスを褒められてどうして喜べるのか。好きになってくれたのは嬉しくても、的外れな評価をする彼女達に魅力は感じなかった。

　悪感情を直接ぶつけるのも苦手なので、穏やかに、角が立たないように周囲のアピールもやんわり断る。それが逆に、そんなところも他の男子と違うと高評価に繋がる。コンプレックスは誰にでもあると知っているから卑屈にはならない。もともとの朗らかな性格もあって友達も多く、柳は毎日を楽しく過ごす。彼はいつだって笑顔だ。それでも爪の先程度のわずかなわだかまりではあるが、投げつけられる好意や賞賛を煩わしいと思うこともあった。

　柳は中学生になってサッカーを始めた。きっかけは友人の誘い。もっとも、誘った本人は厳しい練習に耐えかねて退部してしまったが。それでも柳がサッカーを続けたのは、単純に楽しかったからだろう。私生活の全てを投げ打つようなのめり込み方はしなかったが、練習して上手くなってチームの勝利に貢献できる。その感覚が心地よかった。

　要領のいい彼はすぐに頭角を現し、二年の初め頃にはエースとしての地位を確立する。そうすると練習の成果がより実感できて、さらにサッカーが楽しくなった。

　だからこそ蹴《け》躓《つまず》いたのだと思う。皆で頑張るのが楽しくて、いつの間にかサッカーを好きになり、練習にも少しずつ熱が入った。彼はめきめきと実力を伸ばし、それでもやはりトップに立てる程ではなかった。

　サッカー部内ではエースと持て囃されていても、全国には彼より上手い選手がいる。二年の時の全国大会、対戦校のプレイヤーを見て彼は愕然とする。実際に対峙してみて分かった。要領がいいだけの彼にはない、飛び抜けた才能の持ち主。高校になれば差は今以上に開くだろう。まがい物の自分とは違う、本物のすごい奴だ。

　悔しかった。初めて真剣になったから味わう、初めての挫折。好きなサッカーで行き詰まって、苛立《いらだ》たしいくらいの眩《まぶ》しさを見せつけられて、不貞腐《ふてくさ》れていた時期があった。

　そんな時に出会ったのが吉岡麻衣という少女だ。クラスの図書委員が体調を崩したから当番を代わった。気遣いではなく、サッカーから少し離れたくて部活を休む理由が欲しかった。

　図書室で慣れない本棚の整理をしている途中、窓際の席で静かに本を読む少女の存在に気付く。時折吹き込む風に、ゆらり揺れる前髪。特別優れた容姿というわけでもないのに目を引かれたのは、その表情のせいだろう。よく分からない硬そうな本をくつろいだ様子で読んでいる。自分がささくれ立っているからこそ、その穏やかさが鼻についた。

『……それ、面白い？』

　声をかけたのではなく、意識せずにぽろりと言葉が零れ落ちてしまった。

　距離が近かったから彼女も気付いて顔を上げる。それを見て我に返り、ひどく後悔した。放課後に本を読んでいる暇があるんだ、部活を熱心にやっているわけではないだろう。努力もせず辛い目にも合わず、ただ時間を潰しているのがそんなにおもしろいのかと、相手を馬鹿にする意図しかない言葉だった。様々なことが上手くいかなくて溜まった鬱憤を晴らすだけの、卑屈な八つ当たりだ。それを面識もない、おとなしそうな女子にぶつけてしまった。

『あっ、いや、ごめん。いきなり。なんでも、なくて』

『……はい、とても面白いですよ』

返ってきたのは、笑顔なのだと思う。どこか寂しそうで、一切の喜びを感じさせない。笑顔という表現を躊躇《ためら》うくらい感情の色が希薄な、透明な表情だった。

責め立てるようなきつい物言いはしなかったつもりだが、彼女はひどく傷ついている。それが簡単に分かってしまった。

『もしかして、興味あります？』

『えっ、興味⁉』

『同じ作者さんの本、あちらの本棚にありますよ』

『あっ、本。本ね……ありがとう、読んでみるよ』

動揺していたのだろう。片付けの途中だというのに、言われるままに彼女が言う本棚の方へ向かう。手にとってパラパラとページをめくったが難しそうな内容で、とてもではないが読める気はしなかった。

硬い文章を見ているだけで頭が痛くなってきた。小さく溜息を吐き、ちらりと横目で窓際を見れば、既に先程の女の子の姿はなかった。

『あーあ』

それをなんとなく残念に思ったのは、何故だったろうか。

翌日。あの表情が気になって、柳は再び少女に声をかけた。

『や、また会ったな』

『昨日の……』

罪悪感があったというのも大きな理由だろう。傷つけてしまった。だから少しだけ彼女を気遣おうと思った。

こうして始まった交流は、以後も長く続くこととなる。クラスが離れているから廊下ですれ違うことはあまりない。昼休みと放課後。図書室に行くといつも本を読んでいる。そこで話をするのが柳の日課になった。

麻衣と一緒にいるのは楽だった。たぶん柳にあまり興味がないのだろう。他の女子とは違い、サッカー部のエースであることやテストの成績など、見当外れの賞賛を口にしない。ただ一緒に本を読んで、時々雑談を交わす。難しい本が苦手だと言うと、歴史系の漫画で読みやすいものを勧めてくれた。投げ付けられる好意や賞賛にうんざりしていた彼には、そういう何でもない時間が心地よく感じられた。

いつの間にか二人は仲良くなり、柳は少しずつ彼女を知る。物静かで、遊んでいるイメージはない。だから清楚で真面目な優等生だと思っていたが、実は何もないところで転ぶくらい運動ができない。一緒に遊びに出かけた時には、デパートで迷子になるという今日日《きょうび》小学生でもやらないような真似をして見せた。

当初は単に鈍くさいだけだと思っていたが、昔のことを教えてもらって、そうではないのだと知った。麻衣は幼い頃から体が弱かった。気管支も悪く、喘息《ぜんそく》があるらしい。運動をするのは勿論、外で遊び回るのも難しい。薬も手放せず、小学校でも友達は少なかったそうだ。体を動かしたり外出して遊ぶ経験が少なかったせいで、麻衣は何かに接することに慣れていなかった。

そんな中、唯一の慰めだったのが本らしい。体調は少しずつ良くなっていったが運動は苦手なまま。部活に興味はあるが体力的に無理もできない。結局、放課後に読書を楽しむのが精一杯だった。それでも昔は起きて本を読むのさえ制限があったから、好きな読書を毎日楽しめる今が嬉しいと彼女は笑った。

麻衣の胸中を知らずに馬鹿にしていた自分に気付かされて、柳は愕然とした。同時にあの透明な笑みの意味も理解する。麻衣は柳の言葉に傷ついたのではない。彼が「努力が報われない」と嘆くように、吉岡麻衣は「努力できない」と嘆いていた。無力を知りながら現状を変えられない、諦観のようなものに苛《さいな》まれていた。

それでも彼女は、日々の中に読書という小さな楽しみを見出した。そうした時間を、彼は努力もせず辛い目にも合わずに時間を潰すだけの行為と見下したことになる。自分の馬鹿さ加減に腸《はらわた》が煮えくり返った。

『あんまり気にしないでね、柳くん。私すごく楽しいよ』

『え……』

『お友達と一緒に、好きな本を読めて。本当に幸せ』

たったそれだけのことを、まるで宝物のように彼女は愛おしげに見つめていた。

周囲は麻衣を地味な女子だと、柳には釣り合わないと言う。それは違う。努力が報われないと現状に不貞腐れるだけの自分より、努力できないと嘆きながらもわずかな楽しみを見つけ、穏やかに日々を過ごす麻衣の方が強かった。彼女だけが、サッカー部のエースでも成績優秀な生徒でもない、ただの富島柳と過ごす時間を宝物のように思ってくれた。

今でも図書室で過ごした放課後のことを、はっきりと覚えている。ページをめくると紙がこすれあって音が鳴る。ゆったりと流れる時間に染み渡る響きが心地よかった。オレンジの光が差し込む図書室で、ふとしたきっかけから仲良くなった二人は日が暮れるまで本を読む。眩しくて視界が滲《にじ》む。あの景色は、多分富島柳にとっても宝物だった。

――だから、それを汚す、こいつらが許せない。

麻衣と仲良くなって、柳はもう一度サッカー部の練習に励んだ。彼女を見たら、努力できるのに不貞腐れていた自分が恥ずかしくなった。毎日くたくたになるまで練習して、終われば図書室へ迎えに行き、じゃれ合いながら一緒に帰る。

中学三年でも同じクラスにはなれなかったが、楽しい日々が続いた。麻衣にいいところを見せようと、最後の大会に向けて、がむしゃらに練習をしていた。そのせいで少しだけ会う機会は減り、陰でいじめられていた彼女は学校に来なくなってしまった。

つまりは失敗したのだ。

だからサッカーは中学までと決めた。麻衣が穏やかに日々を過ごせるよう、宝物と呼んだあの景色をもう一度過ごせるように、できる限り一緒にいようと思った。

なのに、また失敗した。

いじめていた奴らが、手を出そうとした男どもが許せない。けれど本当は、同じ過ちを繰り返す愚かな自分自身こそが誰よりも許せなかった。

彼の心は憎悪で満たされている。いつの時代も変わらない怪異のルールがある。心が憎しみに染まれば、容れ物も相応《ふさわ》しい在り方を呈する。だから、これは当然の帰結だ。富島柳はひきこさんとなった。

今の彼は野放図に伸びた長い黒髪と怒りで歪んだ顔が特徴的な、薄汚れたぼろきれをまとった怪人である。その特性は、自分をいじめた者達が肉塊になるまで引きずり回すこと。あのゴミどもが麻衣を傷つけたのなら、それは彼が傷つけられたのと同じ。だから都市伝説の通りに動くだけだ。

「ば、化け物っ⁉」

「なんだよこれっ、こんなの聞いてねぇ！」

意識を取り戻した二人の男子生徒は、醜悪な怪異に気圧されて怯えながら後退《あとずさ》る。あれだけ下《げ》種《す》な真似をしたくせに無様を晒《さら》す者たちが腹立たしい。恐怖に負けたのだろう、彼らはひきこさんに背を向けて、女子たちを見捨てて一目散に逃げ出した。

『待て、よ……』

柳は……ひきこさんは彼らの肩を掴んだ。

怪異と遭遇した時点で逃げられないのは、古い新しいに関係なく説話の定番だ。十分に距離は空いていたのに、少し歩いただけで追いつく。自分は本当に化物になってしまったのだ。

男子達を力任せに引き倒せば、それだけで相手の皮膚が裂けた。

情けない悲鳴が上がる。ひきこさんが触れた部分は、まるで刃物で切られたように鋭利な無数の傷ができていた。

「ひぎゃああ⁉」

制服が破れ、血が飛び散る。地面に倒れてのた打ち回る男子を見ても何も感じない。憎しみが強すぎるせいか。あるいは、人ではないものになってしまったからなのか。痛みにむせび泣く彼らが、せいぜい水たまりで溺れる蟻《あり》程度にしか思えなかった。

「ひ、ひぃ。だれ、か。誰か助け……」

女子生徒達は腰を抜かしたようだ。逃げることもままならず惨状を見つめている。救いを求めるその声に不快感を覚えた。

『助けて？』

こいつらはもう逃げられない。なら、まず片付けるのは麻衣を蹴ったあの女だ。

『助けて、欲しいのか？』

ひきこさんは問う。恐怖に支配された少女には、それが救いに見えたのかもしれない。

助けて。ごめんなさい、許してください。なんでもしますから。涙と鼻水を流しながら醜く懇願してくる。

その姿を見ていると、憎しみがさらに強くなる。

『なら、麻衣がそれを望まなかったと？　助けて。ごめんなさい、許してください。あいつだって、何度も訴えたはずだ。でも、お前達は聞き入れなかった。なら、ここでお前達だけが救われるのは、不公平じゃないか』

「それ、は……」

反論できず、女どもは恐怖に震えている。ひきこさんは一瞬だが眼光を緩めた。

『だけど、許しはするよ』

「……え？」

『だから、許す』

「ほ、本当に？」

『ああ』

怯えていた女子生徒達の目に希望が宿った。もしかしたら助かるのでは、とでも考えたのだろう。それに対してひきこさんは耳元まで裂けた口を歪めて、醜悪な笑みを見せつける。

『肉塊になったお前達なら、きっと許せるからさ』

女子生徒達が失意のどん底に叩き落とされて真っ青になる。

ああ、その顔こそが見たかったのだ。これは裁きだ。ならば彼女達は、絶望のままに死んでいかねばならない。

カチカチ、と奇妙な音が鳴った。突き出した彼の手には、血に濡れて錆びついた刃が生えていた。カッターの刃やカミソリが、次々と掌の皮膚を食い破って湧き上がる。痛々しく気色の悪い光景に女子生徒達の顔が引きつった。ひきこさんは刃物が女どもの肌を食い破る瞬間を想像して、狂ったように笑う。

　刃物をシンボルとする都市伝説の怪人は多いが、ひきこさんもまたその一角だ。しかし、口裂け女の鎌や赤マントのナイフとは若干以上に趣が違う。ひきこさんの刃物はカミソリやカッター。ひきこさんの大きく裂けた口は、不安定な精神から自らカッターで切り裂いたもの。いじめと不登校を背景に生まれた彼女は、リストカットなどの自傷に使われる脆《もろ》く鋭い刃物、正確に言えばそれによって傷つけられた自身の傷を象徴とする。

　赤マントは、本質的にはマントの怪人ではない。殺人事件から生まれたこの都市伝説は、自らを染め上げる血の赤を象徴する、「殺人」の都市伝説だ。その観点で語るならば、ひきこさんは人を殺すが殺人の都市伝説ではない。いじめとひきこもりを元に生まれ、カッターナイフで自身の容貌を傷つけ、自身がいじめられたのと同じ方法で加害者を殺す。

　だから彼女は、鏡に映る自分を恐れて退散する。鏡が怖いのは、いじめっこと同じことをしている今の自分が怖いから。いじめの加害者を傷つけることで自身も加害者となり、鏡でそれを見せつけられて逃げていく。誰かを傷つけることで自身も傷つける、復讐することで復讐される側と同じものになる。その在り方こそが彼女の本質。言うなれば、ひきこさんとは「自傷」の都市伝説である。

「だ、め。だめだよ、柳くん……」

　腹を蹴られた痛みで立ち上がれず地面に這い蹲《つくば》ったままの麻衣が、それでもかすれた声を絞り出す。

　止められることは分かっていた。優しい彼女は、たとえ自分をいじめていた奴だとしても、無惨に死んでいくのを見過ごせない。そんなこと、最初から分かっている。

　しかし柳はゆっくりと、確実に女子生徒達を追いつめる。ひきこさんは自傷の都市伝説。自らの皮膚を傷つけて生み出すカミソリはその体現だ。だから富島柳も同じ。傷つくと分かっていながらも復讐を止められない。

　この復讐は優しい麻衣を傷つけてしまう。そうと知りながらも彼が望むはただ一つ。皮が剥《は》げ、むき出しになった肉と滴り落ちる血液。ぐちゃぐちゃの肉塊となった少女達の姿だけが、彼の心を満たしてくれる。あと少しでそれが叶う。だというのに、邪魔が入った。

「朝顔の危惧はこういうことか」

　怯えのない、鉄のように芯の通った声だった。麻衣をいじめていた女子生徒の傍には、どこかで見た覚えのある少年の姿があった。

「富島……随分と様変わりしたじゃないか」

　確かクラスメイトだったような気がする。頭に靄《もや》がかかって名前は出てこないが、こうやってあいつらの側に立つのならおそらく敵だろう。

　いや、違う。麻衣のために、力を貸してくれると約束をしたはずの相手だった。

◇

『邪魔、するな、よ』

たどたどしい呻きを聞きつつ、甚夜は状況を確認する。

腹を手で押さえて蹲《うずくま》っている吉岡麻衣と、血だらけで倒れている二人の男子生徒、怯えて腰を抜かしている三人の女子。男子は出血こそ派手だが、見たところ傷は浅い。おそらく皮膚を切られた程度。放っておいても死ぬことはないだろう。吉岡は腹を殴られたのか胃液を吐き出したようだが、こちらも命に支障はない。そして、無傷の女子生徒を富島柳が殺そうとしている。つまり女子が主犯格で、男は女どもがけしかけた下種だろう。

「なんとも、庇い甲斐のない状況だ」

『なら、消えろ。消えて、くれ。俺は……そいつらを』

「そう、だな」

頼むから殺させてくれと、彼は懇願する。

甚夜自身も経験があるから分かる。富島柳は憎しみの果てに鬼へと堕ち、思考も薄れ始めている。はっきり言ってしまえば手遅れだ。憎悪に身を窶《やつ》した者の末路など幾つもない。行く末は容易に想像がつく。自意識を手放さずに安定すれば、甚夜と同じようなあやかしに。そうでなければ、ただ周囲に害悪を撒き散らすだけの怪異となる。どちらにせよ人としての彼は、既に終わっている。

「彼女達を許せはしないか？」

『あた、りまえだ』

「殺すことに、躊躇いは」

『あるわ、けが、ない…だろう……！』

溜那の時と同じ方法で自意識を安定させることもできない。彼女を助けられたのは、〈古椿《ふるつばき》〉で操れるよう南雲叡善が調整していたから。言ってみれば例外中の例外だ。

外的要因が全くなく、自らの想いをもって怪異へ堕ちた富島柳相手では、〈古椿〉や〈御影《みかげ》〉での干渉は無意味。彼を救えるのは彼自身の心だけであり、あの様を見るに意識を保てる時間も長くないだろう。

今の柳はひきこさん。憎しみのままにいじめの加害者を殺し、いずれは遭遇した者を肉塊になるまで引きずり回す、ただそれだけの現象に彼はなるのだ。

『どけ、俺は、そいつらを。麻衣が、そうなるから』

「もとより守る義理もない。私としては構わないが」

助けてくれと叫ぶ女子たちを無視して、甚夜はひきこさんに正対する。

下種の命まで守ってやる義理はなく、正義を気取る趣味もない。復讐に生きた鬼が「復讐を止めろ」など、どの面下げて言うつもりなのか。放っておいても人間としての富島柳はここで終わる。ならば意識が残っているうちに、復讐を果たさせてやるのがせめてもの慈悲なのかもしれない。斬るべきを斬れぬは無様。少なくとも、自分ならばそうして欲しいと思う。

「だ、め。柳くん、お願い、だから」

吉岡麻衣がか細い体に活を入れて、必死になって立ち上がろうとしている。あの体格だ、元々丈夫ではないのだろう。暴力を振るわれたせいか、体はほとんど動かないようだ。立ち上がろうとしてもすぐに崩れてしまう。それでも諦めず、うわ言のように駄目だ、やめてと繰り返す。何の力もない少女が大切な人を守りたいと、その手を汚させてなるものかと、なけなしの意地を張っていた。

「……残念ながら、そうもいかないらしい」

『なに、が』

「はっきり言っておく。人としての君は、どのみちここで終わりだ。何も残っていないというのなら、押し通れ。彼女達を殺してすぐさま怪異へと堕ちればいい」

殺さなくても彼は怪異に堕ちる。ここまできたら、どうやって死なせてやるかという話だ。だから甚夜は、最後に復讐を遂げさせてやりたいと思った。しかし麻衣の目は、まだ捨て切れないものがあると言っている。

あの子の声なら届くかもしれない。届いたとして結末は変わらないし、復讐を果たせなかった彼に何が残るかは分からない。けれど、彼女の在り方を尊いと感じた。

「しかし、まだ諦めきれない者もいるようだ。悪いが、あの子の意地の分くらいは邪魔をさせてもらうぞ」

あの三人組の女子に手を出すのを防ぎ、麻衣との会話の時間を作る。少女の呼びかけに応え、自我を持った怪異に落ち着くならばよし。最後に想いを通じ合わせ、それでもどうにもならず単なる害悪へ変じるならば泥は被る。この手で彼を斬り捨てよう。

甚夜は一度深く息を吐き、眼前の怪異を静かに見詰める。そこに気のいい級友の面影はない。本当に、ままならないものだ。彼はただ大切なものを守りたかっただけ。だというのに、大切なものを傷つけることしかできなくなってしまった。

いつの時代も変わらず、怪異とはそういうものなのだ。

暴れ狂うひきこさんを、甚夜は手にした赤い太刀でいなす。夜来を持ち込めない学校では〈血刀〉が彼の主な武器だ。

ひきこさんが雄叫びをあげながら突進する。体を覆うぼろきれが翻ると、何故か空気を切る嫌な音がした。それを太刀で防げば硬い感触と共に金属音が響いた。

ただのぼろきれではない。布のように見えたが正体は刃物だった。実際にはカミソリやカッターの替え刃のような、脆く鋭い刃が折り重なっているのだ。そんなものを着ているため、激しく動けば動くほどにひきこさんは血を撒き散らす。

振るう腕からは、やはり刃が出てくる。掌を食い破って生えるカッターの刃が、雨あられと甚夜を襲う。

攻撃をしても、動いても、受けに回っても。なにをしてもひきこさんは自らを傷つけていく。だというのにその挙動は鈍ることなく、甚夜は防戦一方にならざるを得なかった。

「……まずいな」

押されているからではない。その気になれば反撃は可能だが、甚夜はひきこさんの猛攻に焦りを感じた。予想以上に速い。「動きが」ではなく、富島柳の壊れる速度が。

『ひっ、は。あはあ、ひひひ』

ひきこさんは攻撃と共に自らを傷つけながら、狂ったように笑い続けていた。麻衣がいくら呼びかけようとも見向きもせず、血を撒き散らしながら脆く鋭い刃を振るう。

「柳くん。やめて、もう、私は大丈夫だから……それ以上、傷つかないで」

化け物になっても、麻衣にとって彼は富島柳なのだろう。これ以上傷つく必要はないと、何度も何度も訴えかけていた。しかし涙を流して懇願する彼女の声は届かず、ひきこさんは復讐を果たそうとする。

『ああ、あは、ひひ。あはは。許さない、許せる、ものか。俺は麻衣を。俺は麻衣で。お前が、いじめ、麻衣を守らなきゃ、俺が、俺を守らなきゃ。あいつの痛みが俺の痛みで。だから、俺は悲しくて、麻衣が喜んでるんだ。きっと、あは、そう、うだ。ひひ、あひ、あはは！』

おそらく彼自身、何故暴れているのかも分かっていない。ただ衝動のままに害意を撒き散らしているだけだ。

甚夜としても、できるなら柳に別れの時間くらいは与えてやりたかった。そのために年甲斐もなく悪足掻《わるあが》きをした。だが、これ以上は無理だ。復讐を遂げられず麻衣の声も届かないというのなら、彼に与えられる救いはもう何もない。

「吉岡……すまない、これ以上は」

「ま、待って！　もう少し。柳くんは、こんなことで負けない。だから……っ」

麻衣は呼びかけ続ければ声が届くのだと信じている。しかし、今の柳は単なる怪異。ひきこさんという現象になってしまった。元の柳の心が残っているのかすら疑わしい。

「なに……これ……」

遅れて梓屋薫が体育館裏に辿り着いた。いじめの現場に遭遇するくらいは考えていただろうが、こんな状況は想定していなかっただろう。

薫はしばらく呆然としていたが、すぐに自身の懐を漁り始める。

「あ、あ……そう、だ。鏡！　葛野君、もう少し頑張ってて！　ひきこさんをどうにかする方法なら知ってるから！」

甚夜はその言葉に反撃を止めた。返答する暇はないが、下手に倒しきらないよう加減しつつ時間を稼ぐ。その隙に、薫が麻衣をいじめていた女子生徒達のもとに駆け寄った。

「ねえ、鏡！　あなたたち、鏡持ってない⁉」

「えっ、あ。な、なに」

「口裂け女のポマードと一緒で、鏡はひきこさんの弱点なの！　見せれば、それだけで退散する……もしかしたら、どうにかなるかも！」

「えっ⁉　あ、でも、ポーチは教室に……！」

彼女達は誰も鏡を持っていない。暴れ狂うひきこさんの姿に焦る薫が、最後の望みを託して麻衣のところに向かう。

「吉岡さん、鏡ない⁉　ひきこさんの弱点で、見せれば逃げてくの！」

「あ、ずさやさん……かが、み」

倒れ込んでいた麻衣が、必死な様子の薫に視線を移した。鏡、鏡と何度も呟き、思い立つものがあったのか、再び柳をまっすぐ見つめる。そして、何かを決意するようにぐっと唇を噛み締めた。

「……ある、よ。鏡、ちゃんと」

けれど麻衣が一歩目を踏み出す前に、甚夜の方の状況も変わってしまった。怪異に近付きすぎた影響で、ひきこさんの力が増している。受けに回り続けるのが難しくなってきた。攻撃が正確になり、致命傷になるところを選んで刃を繰り出すようになった。

おそらくこれ以上は無理だろう。

「〈地縛《じしばり》〉」

甚夜が呟くと無数の鎖が蛇のように蠢《うごめ》く。それらはひきこさんの四肢を拘束し、完全にその動きを止めた。マガツメの娘から喰らった異能は、劣化していても易々とは破れないほど強固だ。力を入れても振り払えないし、脆い刃物では切り裂けない。ひきこさんは体をよじるが、余計に鎖が絡みつく。

『ああ、ひ。俺は、麻衣を……だから、守らなきゃ。もう一度、あの景色に。俺は、失敗したから。今度こそ、麻衣を』

心底残念だ。柳も今の状態を望んでいたわけではないだろう。無念を抱えたまま怪異となってしまった。麻衣の声も彼には届かなかった。結局、救いはなかったのだ。

「せめて、ここで終わらせよう。君が、無為な殺戮《さつりく》をしないで済むように」

赤い太刀を握り直し、腰を落とす。苦しめるつもりはない、一太刀で終わらせる。

甚夜が一気に踏み込もうとしたところで、それよりも早くひきこさんに近付く者がいた。

「柳くん……」

誰もが驚愕に動きを止めた。多分、ひきこさんでさえ。

麻衣がよろよろと覚束ない足取りで柳の傍へ向かう。そして目の前に立ち、そっと優しく彼に触れた。

◇

化け物になって朦朧《もうろう》とする意識の中でも、麻衣のことだけは認識していた。

彼女は刃物の塊になっているぼろきれに触れた。指に傷がつき、つぅと血が伝う。

「……鏡、ちゃんとあるよ」

なのに麻衣は、あまりにも穏やかに微笑む。

「柳くん。私ね、部屋から出て来られたの」

その表情はどこかで見たような気がする。ひきこさんは……富島柳は、記憶の片隅に残っているそれを何とか探し出そうと、ぼんやりと霞《かすみ》がかった頭をひねる。

「高校に合格して、毎日学校に通って。柳くんとお昼ご飯食べて、一緒に帰って。クラスの女の子達とも、少しずつお話しできるようになった。この前はね、男の子に本を取ってもらって。でも、逃げなかったんだよ」

それがどうしたと思ってしまうくらい些細なことだ。なのに麻衣は誇らしげに、自慢するように柳へ語り掛ける。

『ま…い……』

「嫌がらせは、まだちょっとあるけど。頑張ったよ。ここで逃げたら前と同じだって、ちょっとだけど頑張れた。それどころか、言い返したりもしたんだから」

指先で触れるだけではない、麻衣が包み込むように柳を抱きしめる。力を入れれば傷つくのに、決して離そうとはしなかった。

「でも、最初の一歩は柳くん。いじめが怖くて引きこもっていた私を、あなたが連れ出してくれた。だから、私は鏡だよ」

いじめを受けてからはいつも怯えてばかりだった麻衣が、こんなにも堂々としている。それが化け物になった自分のためだと思うと、何故か少しずつ思考が晴れてきた。

「私の今は、柳くんが頑張ってくれた証。今の私は、柳くんにはどう見える？」

『あ…ああ……』

「ちゃんと、笑えているでしょう？　……鏡ならここにある。もし忘れそうになったら、私を見て欲しいな。あなたがしてくれたことが、いつだって映ってるから」

いつか手を差し伸べたことがあった。今はこうして、手を差し伸べてもらっている。

傷ついた彼女の傍に居たかった。だからきっと、彼女は傍に居てくれる。

他人は自分を映す鏡だという。これまでの柳の行いは間違いではなかったと証明するように、麻衣が精一杯の笑顔を向けてくれた。血を流して痛みに耐えながらも、彼女は一度も視線を逸らそうとはしなかった。

「ありがとう。でも、もう私のために傷つかなくても大丈夫。今度は私が頑張るから。……間違ってなんかいなかったって。あなたがそう思えるように」

『まい、麻衣……』

「だから、戻ってよ。いつもみたいに私を支えて。頑張るけどすぐ転ぶから。ちゃんと手を引いてよ」

『あ、あ。そう、だよ、なぁ』

ああ、ようやく思い出した。

見覚えがあるはずだ。中学生の頃、あの図書室で麻衣はいつだって穏やかに微笑んでいた。なのに、いじめのせいであの表情が消えてしまった。同時に宝物のような放課後のひと時も。だから柳は失くした大切なものを取り戻したくて躍起になっていた。

本当は失ってなんていなかったのだろう。気を張りすぎて見えていなかっただけで、いつだって彼女はすぐ傍で笑っていてくれたのだ。

「ごめんな……俺さ、お前のこと何にも見えて、なくて」

「違うよ。見えていなかったのは柳くんのこと。私の面倒ばかり見てたから、ちょっと自分のことに気が回らなかっただけ」

都市伝説、ひきこさん。いじめから引きこもり、暗い部屋の中で心を病み、怪異と化した女の物語である。彼女は雨の日に街をさ迷い、出会った子供の足を掴み、引きずり回して肉塊へと変える。危険な都市伝説ではあるが、倒すことは非常に簡単だ。鏡を見せれば、それだけでひきこさんは逃げていく。

つまり、この結末は原典と何も変わらない。柳の傍には鏡があり、映し出された自身の行いにひきこさんは退散した。都市伝説が語られる通りの終わりを迎えたというだけで、特別なことはなにもなかった。

「はは、そうだよな。目を離したら、すぐ転びそうだし」

「ひどいよ、柳くん」

二人はしっかりと抱き合う。

彼はもはや怪異ではない。長い黒髪もぼろきれもどこかへ消えた。

ひきこさんは逃げて、そこには富島柳と吉岡麻衣がいるだけだった。

◇

その光景に誰よりも驚いていたのは甚夜だった。

年老いた彼は数多《あまた》の鬼や都市伝説を幾度も倒し、多くの報われない結末を見てきた。だからこそ手遅れだと判断した。

「まさか、あそこから戻ってくるとは」

若者は時に年寄りの想像を容易に超える。今の柳は鬼でも都市伝説でもない。一度は怪異へと身を堕としながら、人の領域へと帰ってきた。勿論彼一人の力ではない。引き上げる者がいてくれたからこそではある。それでも彼等は、甚夜の想定を超えた結末に辿り着いたのだ。

「ええっと、葛野君。どう、なったの？」

ひきこさんは富島柳に戻り、血だらけのまま二人は抱き合う。戦いが一段落して甚夜の傍に歩み寄った薫も今一つ状況が理解できていないようだった。

どうなったのかと問われれば、多分、夏樹の口にした言葉が最も適しているのだろう。

「まあ、なんだ。ロマン、でいいのかな」

「どういうこと？」

「伸ばした手が届いて、まっすぐ想いが伝わって男女は幸せな結末を迎える。ありきたりだが、悪くない結末だろう」

締めくくりとしてはそれで十分。多くを語っても無粋になるだけ。

理屈なんぞ所詮は他事。幸せそうに抱きしめ合う二人が全てだった。

◆

「なによあれ、なんなの、あの化け物⁉」

「分かんないわよっ！」

「吉岡も富島君も絶対おかしいって！」

後日、命からがら助かった三人の女子生徒は、階段の踊り場であの恐ろしい出来事について言い争っていた。

憧れていた男子が化け物で、いじめていた女子がそれを止めた。

訳が分からない。夢だったのだと思い込めればいいのだが、吉岡をなぶりものにするために呼んだ男子は、実際に傷を負って入院している。つまり、あの化け物は紛れもない現実だ。同じ学校に、同じ学年にあんな醜悪なものが潜んでいるのだ。

「どうする?」

「どうするって……」

「だから、放っておいていいのかってこと!　あんなのがすぐ近くにいんのよ⁉」

「確かに、誰かに話した方が」

「誰かって誰よ」

「先生……ううん、警察とか」

どうにかして自分達のみを守ろうと、大きな問題として喧伝《けんでん》するのが三人の目的のようだ。しかし、それでは少し困る。

「いや、誰かに話すのはやめた方がいい」

やりとりを眺めていた甚夜は、割り込むように声をかけた。

三人の女子がびくりと体を震わせ振り返った。しかし、甚夜だと分かると安心したように息を吐いた。

「あの時の……」

「な、なんでよ。やめた方がいいって」

怪異に対する怯えはあるが、麻衣をいじめたことに対する罪悪感は見られない。加えてちらちらとこちらを見る目は、助けてもらえるのを期待しているようだった。

だが、行いの悪い子供には少しお仕置きが必要だ。

「話そうとすれば、君達に危険が生じるからだ」

「危険が生じる？」

「あの手の怪異は、自身を害する者に報復を企てる。誰にも話さず、何事もなかったように振る舞う。そうするのが一番安全だ。……ああ、いけないな。そら、もう来たぞ」

甚夜は顎で女子生徒の足元を示す。一瞬意味を理解できなかったようだが、促されるままに下を見た彼女達は驚愕に目を見開いた。

『あは、ひひ、あは。ははは！』

足元の影の中から腕が伸びる。

長い黒髪、醜悪な容貌。耳元まで裂けた口、まとうぼろきれ。

都市伝説のひきこさんだ。かの怪異が再び女子生徒達を殺そうと姿を現したのだ。

「ひぃぃ!?」

女子生徒達が悲鳴を上げ、わき目もふらず逃げ出す。途中で転んでもすぐに起き上がり、とにかく廊下を走る。切羽詰まった彼女達に、周囲の生徒は奇異の視線を向けていた。

それと入れ替わるように、甚夜のところに薫がやってきた。今はお昼休み。行き先は伝えておいたので、昼食のお誘いに来てくれたのだろう。

「葛野君、用事終わった？　一緒にご飯行こう。もうみんな集まってるよ」

「ああ、そうだな」

「ところで、なんか今いじめっこ三人組が廊下を走っていたけど、なにかあった？」

「さて。天邪鬼《あまのじゃく》にでも化かされたんじゃないか？」

そんなことを言ってとぼけてみせる。

勿論、先程のひきこさんは偽物だ。天邪鬼がくれた嘘、〈空言《そらごと》〉で作り上げた幻影である。記憶を消してしまってもよかったが、全てを忘れて再び麻衣へのいじめが始まっても困る。あと数回も同じ脅しをかければ、余計なことをする気もなくなるだろう。それに、彼女達が無罪放免というのは気に食わない。しばらくはひきこさんの幻影をけしかけて、自分達がしたことを後悔してもらうつもりだった。

こうして、ひきこさんにまつわる一連の事件は終わった。

血を流して倒れた二人の男子生徒は、病院へ運ばれた。命に別状はなく、怪我の理由は互いに「分からない」と言い張っている。

彼らの記憶はしっかりと消しておいた。柳らのことが漏れる心配はない。

麻衣をいじめていた三人の女子生徒は、あれ以来大人しくなった。ひきこさんの幻影が効いたのか誰かに話した様子はなく、嫌がらせもぴたりと止まり、廊下ですれ違う時もおどおどとした様子で逃げていく。

　長く続いた麻衣へのいじめは、ようやく落ち着いたようだ。富島柳は人へと戻り、麻衣と一緒に毎日を過ごしている。日常での麻衣は相変わらずで、なにもないところで転んで柳に支えられる姿がよく見られた。

　とりあえずの平穏は戻ったが、すべてが以前とまったく同じというわけでもなかった。

　学食の窓際のテーブルを五人で占拠して、雑談しながら昼食をとる。今日のメンバーは甚夜とみやか、薫のいつもの三人。それに富島柳と吉岡麻衣の姿もある。

　周りに人は多いが皆それぞれ歓談に夢中になっており、彼等に注意を払っている者はいない。それでも柳は一度周囲を警戒し、こちらを見ている生徒がいないことを確認してから甚夜に相談を持ち掛けた。

「なあ、葛野……俺さ、こんなことができるようになったんだけど」

　相談というのは、彼の掌から生えるカミソリの刃についてだ。ひきこさんであった時と同じように、彼はカッターの刃やカミソリなどの脆く鋭い刃を生み出したり、刃物で編んだぼろきれをまとうことができる。さらにごく短い時間ではあるが、人とは思えないほどの身体能力や耐久性や再生能力を発揮できるなど、非常に人間離れした力に目覚めてしまったのである。

「これって、やっぱり」

「いや、保証しよう。富島が人間であるのは間違いない。……だが一度は怪異に堕ちた影響か、

『ひきこさん』とやらの力の一部を行使可能になった、のだと思う」

「なんか、はっきりしないな」

「私も初めて見るからな。ただ、人であっても不可思議な能力を有した者は案外多いぞ」

「そうなのか？」

他の者も興味深そうにしていたため、いくつか例を挙げていく。

付喪神《つくもがみ》を操る秋津《あきつ》。妖刀を扱う南雲。鬼の魂で作り出した勾玉《まがたま》を肉体に埋め込み異能を行使する特殊な退魔、久賀見《くかみ》。妖怪化した古い器物を取り扱う骨董屋、古結堂。皆、人でありながら特異な能力を扱う者達だ。

それを聞くと、柳が感心したように深く頷く。

「へえ、退魔って本当にいるんだな。って、葛野も同じようなもんか」

「ああ。ともかく、君も人でありながら人ならざる力に目覚めたということだろう。都市伝説使い、とでも呼ぶべきかな」

我ながらひねりのない名称だが、とりあえず柳は化け物になってしまったのではないと知れて安心したようだ。

薫がくいくいと甚夜の袖を引っ張る。

「葛野君」

「どうした、梓屋？」

「都市伝説使いより、都市伝説保有者《アーバンレジェンド・ホルダー》の方がかっこいいと思う！」

ぐっと両の拳を握り、薫が真剣な表情で提案をする。彼女の言葉を聞いた周囲の目が点になった。特に付き合いの長いみやかは、爛漫《らんまん》すぎる親友の態度に呆れている。

しかし甚夜は、どうしても林檎《りんご》飴《あめ》の天女には甘くなってしまう。別に名称にこだわりはないため、少し考えたが薫の案を採用することにした。

「あぁ。……都市伝説保有者《アーバンレジェンド・ホルダー》とでも呼ぶべきかな」

「いや、葛野。それでいいのか？」

「もう少し考えた方がよくない？」

柳とみやかが複雑そうな顔をしている。意見を通した薫は誇らしげに胸を張っていた。

長くなりそうだったので、甚夜は無理矢理に話題を戻した。

「ともかく、そう不安がることもない。君のそれは足が速い、体が柔らかい、その程度の特性に過ぎない」

少しは安心できたのか、柳の表情に安堵が浮かんだ。

「……そっか、なら一安心だな。悪いな、変なこと聞いて。それに色々世話になったみたいでさ」

「それこそ気にしないでいいさ。今回の手柄は、吉岡と梓屋の二人。私がやったことは精々時間稼ぎだよ」

謙遜ではない。実際、甚夜はひきこさんを斬り伏せようとしていたし、麻衣の存在がなければ柳は人に戻れなかった。本当に何もしていないのだから、過剰な感謝はばつが悪い。しかし、麻衣は柳以上に感謝をしているようで、何度も頭を下げる。

「そんなことないよ。葛野君は、私のわがままを聞いてくれたから……ありがとう、ございました」

「だな、麻衣の頑張りを応援してくれたんだ。やっぱり俺も、ありがとうって言うよ」

麻衣も柳もまっすぐにありがとうと伝えてくれる。歳をとったせいだろう。こういう素直な子供達には少し弱い。

「ならば受け取ろう。それで終わりにしておいてくれ」

いつまでも意地を張っていても仕方がない。感謝を受け取れば、二人は満足そうに頷いた。

そうしてまた昼食に戻る。まだぎこちないながらも麻衣は頑張ってみやか達と話をしようとしている。柳がそんな彼女を温かく見守っている。微笑ましい景色に、甚夜の口元も自然と緩んだ。

食事を終え、時計を確認した麻衣が柳に目配せをした。

「ごめん、ちょっと俺ら用事があるんだ。先に行くわ」

言いながら柳が席を立つ。麻衣もそれに続くが、慌て過ぎて足が滑ったらしい。何もないところで体勢を崩し、そのまま顔から床に倒れ込もうとする。

「だからな。もう少し気を付けてくれよ、頼むから」

それを予見していた柳が、転ぶ寸前のところで体を支えた。同じクラスの生徒なら既に見慣れている光景だ。

「ご、ごめんね、柳くん……」

「いいって、慣れてる」

もしも何かが違っていたら、失われていたはずのやりとりだ。薫が満面の笑みでそれを見つめている。彼女は今回の件に深く関わったため、感動もひとしおなのだろう。

「んじゃ、行くな」

「あの、お先に……」

二人は当たり前のように手を繋いで学食から出ていく。柳に引っ張られる麻衣は、少しだけ恥ずかしそうにしていた。けれど手が離れることはなく、彼らは一緒に歩いていく。ひきこさんが退散した後も、やはり柳が引く側のようだ。

「仲いいね」

みやかがしみじみと呟く。

「そうだね。ほんとに恋愛映画みたい」

薫も心からの喜びに目を細める。うっとりとした表情を見るに、彼らの行く末と恋愛映画らしいハッピーエンドを重ねているのだろう。ただ、水を差すのは悪いが、どうやら勘違いしているようなので訂正はしておかなくてはいけない。

「一応言っておくが、無法松の一生の最後は悲恋だぞ？」

「えっ、そうなの⁉」

無法松の一生の最後は富島松五郎の死と、残された吉岡良子の哀切の涙。二人の別離によって締めくくられる。切なく美しい終わりは高く評価されているが、決して薫が想像するような恋人同士の甘さを感じさせるものではなかった。

「えー、それ全然ロマンティックじゃない……」

「そうか？　死してなおも繋がる想いというのは、十分ロマンだと思うが」

裏切られたような気分なのか、薫は明らかに不満そうだった。

「でも、やっぱり最後はハッピーエンドがいいよ」

「そこは同意見だな」

彼女の子供っぽい振る舞いに、甚夜は小さく笑みを落とす。

本来なら富島柳と吉岡麻衣の結末は、映画と同じく別離でもおかしくはなかった。けれど彼らは最後まで互いの手を離すことなく、再び共に生きる未来を勝ち取って見せた。

「手を繋いで君と一緒に……彼等には、その方が似合っている」

あの二人を飾る言葉は、死してなおも繋がる想いよりもそちらの方が相応しいだろう。

いつきひめ　～妖《よう》刀《とう》夜《や》話《わ》・終章～

1

天文十七年（１５４８年）。
世相は乱れ、戦が相次ぎ、数多《あまた》の命が枯葉のように容易《たやす》く散っていった。
時は戦国。日の本の覇権を争い、数多の大名が名乗りをあげた群雄割拠の時代である。
所は播磨《はりま》の国、連なる山々の合間に位置する小さな集落「葛野」。
これは絢爛《けんらん》たる戦場から離れた、産鉄の集落で起こった物語だ。
誰に語るべくもない。
歴史においてさして意味のない。
鍛冶師と鬼女の、小さな恋のお話である。

男は森にいた。
鬱蒼《うっそう》と茂る森は先が見通せない程に深く、霧の濃さも相まってまるで幽世《かくりよ》へ紛れ込んでしまったように現実感がない。さ迷い歩いて既に数刻。足は重いが惰性で動かす。いったい自分はどこにいるのか、何をやっているかさえ分からなくなってくる。

男の住む集落、葛野において「いらずの森」と呼ばれるこの森は、尊きものがおわすと伝えられる神域。みだりに踏み入ることの許されない場所である。立ち入りを禁じられていると知りながらも訪れたのには、理由がある。男はわき目も振らず逃げた結果、ここに辿り着いてしまったのだ。

男の名は兼臣《かねおみ》。彼の生まれ育った葛野は山間にある集落で、古くからタタラ場として栄えてきた。タタラ場とは、特有の製鉄法をもって砂鉄より鋼塊《ころ》を造り出す、産鉄を生業とする土地である。武器や鎧《よろい》、農具のもととなる鉄は武士にとっても農民にとっても必需品であるため、その希少性から各地の大名や寺院はタタラ場に特権を与えて保護していた。

また、葛野はタタラ場であると同時に、刀鍛冶においても多くの名工が住まう、鉄師の集落でもあった。質の良い鉄と高い技術を併せ持つ日の本有数のタタラ場を敵に回したくないのか、朝廷も強引な搾取はせず、葛野は小さな国とでも呼ぶべき独立した自治区を形成していた。

兼臣はそんな葛野で育った鍛冶師だ。年の頃は二十代半ば。まだまだ若輩ではあるがその腕は確かで、彼の打つ刀は鬼をも断つと称えられた葛野の太刀の中でも高く評価されている。今や葛野随一の鍛冶師と言っていいだろう。しかし名工というのも善し悪しのようで、刀を売りに集落から離れた彼は、街道で山賊崩れに襲われた。無論、狙いは兼臣の刀である。

自衛の手段を持たない兼臣に選べたのは、一目散に逃げることだけだ。走って逃げても差は広がらず、追いつかれると思った兼臣は森へ逃げ込んだ。それがいらずの森だった。

「ああくそ、足が痛くなってきた」

どこへ続く道かは分からない。それでも刀を奪われて殺されるよりはいくらかましだろう。そう考え、ただひたすらに前へ進む。しばらくすると、霧の中に浮かび上がる一軒の家屋が目に映った。

「こりゃ終わったかね」

兼臣は思わず呟いた。さ迷い歩いた森の奥深く、辿り着く場所はうらぶれた小屋。山に伝わる怪談話の典型ではないか。話の筋書きからすれば、次に出てくるのは山姥《やまんば》か鬼女か。それとも他の怪異なのか。どれであっても結末はろくなものではない。

山賊崩れに殺されるのと山姥や鬼女に喰われるのでは、どちらがましだろうか。兼臣は足を止め、真剣に悩んでしまった。そして、それがいけなかった。

「手間取らせやがって、くそがっ！」

声に反応するのが一歩遅かった。振り返ると、既に鉈《なた》が顔面に迫っていた。

咄嗟《とっさ》に身をよじって躱《かわ》すが体勢を崩してしまう。散々歩いた疲れもあったのだろう、膝が崩れて兼臣はその場にへたり込んだ。

「はっ、ようやっと追いついたぜ」

「葛野の刀は高く売れるからな。逃がしゃしねぇよ」

山賊崩れは三人組だった。怒りに表情を歪める者、勝ち誇ったように見下す者、にたにたと馬鹿にしたような笑みを浮かべる者。三者三様の顔をしているが、兼臣の結末は一つしかない。

ここで、死ぬ。心血を注いで鍛え上げた刀を奪われた後は、為す術もなく殺される。その未来をありありと想像できた。

ただ殺されてなどやるものか。尻餅をついたまま、売るはずだった刀の一振りを手に取る。葛野の太刀の特徴である鉄鞘に収められた刀は、簡素な波紋と肉厚の刀身を持ち、無骨なまでに戦いを意識して鍛え上げられた一品だった。

「おお、いい刀じゃねぇか」

「こりゃ売るのがもったいねぇくらいだ」

にたにたと男達は笑っている。既に、兼臣の刀を自分のものにしたつもりでいるのだろう。

こんな下種《げす》どもに心血注いで鍛え上げた刀を奪われるのは認められない。歯を食いしばって死の恐怖に耐え、何とか立ち上がろうと兼臣は足に力を込める。

その時、背後から氷のように冷たい声が聞こえた。

『騒がしいことだ』

突如現れた声の主に視線が集まる。背後に立っていたのは、森にはそぐわない鮮やかな赤の着物の見目麗しい女だった。地に触れそうなくらい長い黒髪と、病的なまでに白い肌。小柄で線が細く、幼い顔立ちをしていた。

兼臣は年甲斐もなく女の美しさに目を奪われたが、彼女の瞳の色に息を呑む。

『人よ、立ち去れ。ここはお前達の居場所ではない』

彼女は音も立てず森を歩き、兼臣を庇《かば》うように前に出る。

一瞬だったが、兼臣は確かに見た。

女の瞳は朝焼けのような、揺らめく赤色をしていた。

小野陶苑《おのとうえん》の著書『鉄師考《てつしこう》』に曰《いわ》く、古い時代、他者と異なる外観を持つ存在は総じて「あやかしのもの」として扱われた。人は人とは違うものを排除する。赤い目や青い目、白すぎる肌、高すぎる身長、異常なほどの筋力。絶世の美貌。こういった人の枠から食《は》み出た特徴を「異類傷痕《いるいしょうこん》」と呼び、明治初期に入るまでその真贋《しんがん》にかかわらず異類傷痕を持つ者は、ひとくくりに人ならざる存在だと信じられた。

皆一様に言葉を失う。赤い瞳は鬼の証。この女は、人とは違う理《ことわり》に生きるあやかしだった。

「お、おい……あれ」

「鬼女だ。ど、どうするよ」

山賊どもにも動揺が走る。その中で一人の男がずいと前に出る。

「鬼ったって娘っ子じゃねぇか！　あいつも殺して身ぐるみ剥《は》いじまえば……」

しかし、彼らの眼は驚愕に見開かれた。

ゆらり。揺らめく灯りが一つ。二つ三つと増えて、深い森が橙色《だいだいいろ》に色づいた。鬼女の周りに火の玉が浮かぶ。踊るように揺れるそれは、次第に大きくなっていく。そして火球はごうと音を立てながら放たれ、男達の足元を焼いた。

異常なほど熱せられた空気に山賊どもは怯《ひる》んだ。もしもほんの少しでも位置がずれていれば、消し炭になっていただろう。その光景が想像できたらしい。山賊どもは顔色を青くした。垂れた汗は熱気が原因ではないだろう。

『今一度言う。立ち去れ。この森での殺生は許さぬ』

女には殺意も怒気もなく、ただ静かに告げた。兼臣にはそれがひどく恐ろしく聞こえた。声に何の感情も宿らないのは、彼女が心底男達を小さな存在だと思っているからだ。人が蚊に殺意を抱かないように、この鬼女は人を軽く扱う。彼女は虫を潰すような気安さで、人を焼き殺すことができるのだ。

鬼女がにたりと笑う。そこで山賊どもは限界を迎えた。

「ああああ⁉」

発狂したような叫びをあげて彼らは逃げ出した。森に反響する声もしばらくすると消えて、最後には情けなく地べたに座り込む兼臣と鬼女だけが残された。

怪異を前にして兼臣は呆けていた。違う、見惚《みと》れていた。焔を操るあやかしの姫。彼女の瞳はおぞましいものとは思えず、むしろ気品すら漂わせる紅玉に思えた。

「あんたぁ、いったい」

問い掛けるも鬼女は答えを返さず、転がっている刀を拾い上げた。

紅い瞳の中で鋭利な白刃が揺れている。

『綺麗な刀だ』

兼臣の刀を眺めながら、あやかしの姫は表情をわずかながらに優しくした。

『葛野には時折、お前のような鉄に愛された子供が生まれる』

どこか感慨深げに聞こえたのは何故だろう。遠い昔を思い出すような、深い感情の色だ。

「いや、子供って、歳じゃ、ねえんだけども」

上手く声は出ないが、どう見ても自分よりも年下の女にたどたどしく反論する。

鬼女はゆったりと、静かな笑みを浮かべた。

『子供だよ。私から見れば』

そうして刀を兼臣に返し、鬼女は去った。

たおやかな後姿だった。兼臣は呆けたまま、消え去った後も彼女の後姿を探してしばらく眺めていた。

――それが、兼臣と夜刀《やと》の初めての出会いだった。

兼臣は戦国時代の刀匠である。説話によれば彼は鬼女を妻とし、四口の刀を鍛え上げた。鬼の助力をもって鍛え上げられた刀は、人為的に造り上げた妖刀。四口それぞれが別種の異能を宿すという。兼臣は鍛えた妖刀に自身と妻の名を与えた。

「夜刀守兼臣」

四口の妖刀は鍛冶師と鬼女の出会いにより生まれ、数多の物語を紡ぐこととなる。

２００９年４月。

口裂け女に赤マント、トイレの花子さんといった都市伝説がらみの事件を解決し終えた頃の話である。

日曜日、姫川みやかは自宅で薫と遊ぶ約束をしていた。しかし都合が悪いことに、みやかが後輩に借りていた本を返すために外出しているあいだに、約束の時間を勘違いした薫が訪ねて来てしまった。

ひとまず連絡を入れて、みやかは急いで家に戻る。すると自室で待っているかと思っていた薫が、何故か畳敷きの部屋にいた。

「この刀は、夜刀守兼臣といってな。まあ、本物の妖刀ってやつだ。実際、俺もこの刀が喋っているのを見たことがある」

「か、刀が喋るんですか⁉」

「ああ、詳しくはうちの妻に聞くといい。なんせ、あいつは」

話し相手は甚太神社の宮司、姫川啓人。つまり、みやかの父親だ。啓人は鉄鞘に収められた武骨な太刀を薫に見せ、機嫌よさそうに滔々《とうとう》と語っている。件《くだん》の刀はみやかも見たことがある。夜刀守兼臣といって、父が大事にしているものだった。

「なにしているの？　お父さん」

薫の反応に気をよくしてか延々と喋り続ける父に呆れつつ、みやかは部屋に入る。少し視線が冷たくなってしまったのは仕方がないだろう。

「おう、お帰り。いやあ、せっかくお前の友達が来てくれたんだから、珍しいものを見せてあげようと思ってな」

「そういうのいいから、ホントに。というか、女の子に刀見せてもあんまり喜ばないと思う」

夜刀守兼臣は神社に代々伝わる逸品というわけではなく、父と個人的な付き合いがある友人からのもらい物らしい。戦国時代の刀匠兼臣によって鍛え上げられた刀だと聞いているが、父にはそういった伝承よりも、古結堂店主の青葉《あおば》から譲り受けた思い出の品ということの方が重要のようだ。とても大切に扱っており、みやかは父が喜々としてこの刀の手入れをしている場面を何度も見ていた。

薫は案外興味を持ったのか、妖刀の話を聞いて若干興奮気味だ。

「ええ、そんなことないけどなぁ。すごいんだよ、この刀喋るんだって！」

「いや、ないから。お父さん、私の友達をからかわないでよ」

喋る刀なんて与太話を簡単に信じる純粋さに、思わずため息が零《こぼ》れた。

妖刀で有名なのは、徳川を呪う村正《むらまさ》あたりだろうか。その手の説話はいくつもあるが、みやかはあまり信じていなかった。実際の三種の神器に特別な力がないように、そういった伝承がある程度の認識だ。

ただ、父の啓人はみやかが幼かった頃にも、この妖刀は喋ったのだと真剣に語っていた。

「あら、からかってなんかないわよ。ね、啓人さん」

ちょうどその時、やよいが差し入れのケーキを運んできた。おちゃらけたところのある父とは違い、母は穏やかで真面目な性格だ。まさか父の擁護に回るとは思っていなかった。

「ああ、勿論《もちろん》だ。なんせ、刀さんについてはお前の方がよく知ってるもんな、やよい」

「ええ。この刀はね、本当に昔喋っていたの」

からかうような調子ではない。楽しそうに事実だと言う母は、何故か懐かしむように遠くを見つめていた。

「ほらぁ、みやかちゃん。やよいおばさんだってそう言ってるし」

「ううん、お母さんが言うのなら、本当なのかな？」

父はともかく母の雰囲気には真実味があった。もともと両親は昔から親しくしており、母が小学生だった時には既に文通もしていたと聞いている。もしかしたら刀にまつわる大切な思い出でもあったのかもしれない。

「意外だな。みやかはこういう話を信じないと思ってたんだが」

「まぁ、なんというか。世の中不思議なこともあるから」

「うんうん、喋る刀くらいあっても不思議じゃないよね」

薫も頷きながら朗らかに笑っている。

最初は疑ってしまったが、よくよく考えればあり得ないことではない。以前ならばともかく、最近はオカルトな話にも慣れてきた。口裂け女や赤マントに比べれば、喋る刀くらい常識の範《はん》疇《ちゅう》と言えなくもなかった。世の中は不思議なもので溢れている。刀だって古い物に誰かの想いが宿れば、そういうこともあるのだろう。

いいか悪いかは別にして、みやかはそう考えるようになっていた。


それからさらに二か月が経ち、２００９年6月。

ひきこさんの事件はどうにか決着し、高校生活にも少しずつ慣れ、最近は比較的穏やかな日々が続いていた。

梅雨時に差し掛かり、外は生憎《あいにく》の雨だ。この天気では屋上や中庭は使えないし、学食の人口密度もぐんと上がり、落ち着いて食事という雰囲気でもない。わざわざ人の多いところに行くのも面倒で、ここ数日、みやか達は教室で昼食をとっていた。

メンバーはいつもの三人、みやかに薫に甚夜である。入学から二か月、みやかは口裂け女の一件で知り合った彼と、それなりに良好な関係を築いていた。

昼食を一緒に食べながら、楽しく談笑する。ほとんど男子と交流を持たなかった中学の頃からは考えられない。高校生活を共にしながらオカルトな事件に巻き込まれては助けられて、いつの間にか甚夜はクラスで一番親しい男子になっていた。

食事中、みやかは父が言っていた喋る刀のことを思い出した。普通なら与太話としか思えないが、数々の都市伝説と相対しても平然としている甚夜なら喋る刀に遭遇する機会もあるのではないか。

「そういえば。葛野君、夜刀守兼臣って知ってる？」

「知ってはいるが、また珍しい名前を出してきたな」

もしかしたら程度の気持ちで質問したが、彼は本当に知っていたらしい。

「夜刀守兼臣は戦国時代の刀匠、兼臣の鍛えた刀だ。兼臣には少々曰《いわ》くがあってな。なんでも彼は鬼女を妻とし、その助力をもって人為的に四口の妖刀を造り出したという。そして妻、夜刀の名にあやかり、四口の妖刀には夜刀守兼臣という銘が与えられたそうだ」

「じゃあ、やっぱり不思議な力があるの？」

「ああ。私も見たことがある。振るうだけで斬撃を飛ばす。自我を持ち喋る。斬ることで鬼を封ずる。夜刀守兼臣はどれもが、本物の妖刀だった」

自我を持ち喋る。つまり、父の語った話は本当だったらしい。

実際のところ喋る妖刀は『御影』、啓二の持つ刀は『鬼哭《きこく》』であり、別物だというのは後になって聞いた話だ。多少の勘違いはあるものの、喋る刀が本当にあると知って、みやかは素直に感心していた。

「興味があるのか？」

「そうじゃないけど、その刀、お父さんが持ってるの。だから気になって」

「啓人くんが。ああ、そうか。青葉の」

「お父さんの名前、言ったことあった？」

疑問を口にしたところで、突如教室に響いた電子音とＢＧＭに会話を遮られた。

『皆さん、こんにちは。本日のお昼の放送を始めたいと思います』

次いでスピーカーから流れてくる少女の声に、クラスの男子が色めき立つ。最近放送部が流すお昼の放送は、柔らかく可愛らしい声をした女子の挨拶から始まる。別にラジオのパーソナリティーのように軽妙なトークをするわけではない。しかし滑舌がはっきりしているのに優しい少女の声は耳に心地よく、密かにファンを増やし続けている。

声の主は何者だと男子は騒いでいるし、女子でも桃恵萌などはたいそう気に入っている様子だ。かく言うみやかもこの放送を楽しみにしている。伝聞とはいえ声の主の過去を知っているだけに、彼女が人気者になるというのは非常に嬉しかった。

「麻衣ちゃんの声って、やっぱり可愛いよね」

「そうだな。あの娘も楽しんでいるようでなによりだ」

薫も甚夜も当初はかなり心配していたが、今では気楽に放送を聞いている。

昼休憩の時間、放送部ではお昼の放送として一日に二曲音楽を流す。選曲の基準は部員の趣味であったり、図書室の前にリクエストボックスが設置されていて、そこから選ぶこともある。進行は放送部員の持ち回りで、今日は１－Ｃの吉岡麻衣が担当だった。

中学時代サッカー部のエースだった富島柳は、何故か放送部に入部した。その理由を知る者はほとんどおらず、彼の人物評は「奇妙」の一言に尽きる。しかしひきこさんの件でその事情に深く関わったみやか達には、彼の行動はむしろ納得のいくものだった。

吉岡麻衣は昔から体が弱かった。やってみたい部活はあっても体力に自信がなく諦めていたそうだ。柳が放送部に入部したのは、麻衣が入部しやすいようにという配慮なのだろう。柳にとって大切なのはサッカー部のエースという肩書きや不特定多数の賞賛より、麻衣と過ごす何気ない日常の方なのだ。

「しかしあまりに人気が出過ぎると、それはそれで富島にとっては心配の種だな」

「そこは大丈夫じゃない？　クラスの男子も気付いていないみたいだし」

声の主が吉岡麻衣というのは、全くと言っていいほど気付かれていない。もともと麻衣は積極的なタイプではなく、会話する時も少しおどおどとした気弱な印象を抱かせる少女だ。お昼の放送時の可愛らしいがはっきりとした喋り方とは、結びつきづらかった。

そもそも麻衣が放送部に入部したということを知っているのもごく一部のみで、部室に押しかけても対応するのは部長か柳だけ。そのため生徒達は声の主が誰なのか、いまだに手がかり一つ見つけられない状態だった。

「ところで、葛野君」

「どうした、姫川？」

「普通に返されるとちょっと困るけど。それなに？」

話の途中だったが、みやかは我慢できずに指摘した。お昼時の教室には、香ばしい醤油の焦げた匂いが充満している。それもそのはず、みやかと薫は自分の母が作った弁当を食べているが、甚夜の前には出来立ての磯辺餅があった。

「コンビニで切り餅と海苔を買って、家庭科室で焼いてきた。いや、いつでも磯辺餅が食えるとは、いい時代になった」

磯辺餅は彼の一番の好物らしい。好きに食事を用意できるようになった今では、頻繁に食べているそうだ。甚夜はいつも通りの無表情だが、どことなく満足そうに見えた。

「お前達も食べるか？」

「いいの？　いただきまーす」

違和感だらけのみやかとは違って薫は喜んで一切れ受け取ると、早速美味しそうに頬張っている。傍で話を聞いていたのか、クラスメイトの藤堂夏樹と根来音久美子も薫に続いて餅をもらいにやって来た。

「あっ、爺ちゃん。俺もちょうだい」

「私も私も！」

「そういや昔、爺ちゃんの部屋でよく食べたな」

甚夜と夏樹は入学前からの友人同士のようで、一緒に暮らしていた時期もあったようだ。そのせいか、甚夜は妙なくらい夏樹のことを気にかけている。その縁なのか、久美子の方ともそれなりに会話はするようだ。ただ彼女の方は、砕けたように見せてどこか一線を引いているような気がした。

「じんじん、もう一個もらっていい？」

「ああ、勿論だ」

和やかなのに距離感のある二人を不思議に思う。仲が悪いわけではないようなので、そこまで踏み込むのも野暮かとみやかは考えるのを止めた。学校で磯辺餅を焼いて食べていることに関しては、誰も疑問を抱いていない様子だった。

「なんだかなぁ……」

「どうだ、姫川も一つ」

「うん、ありがと」

こうやって教室で騒ぐのも、楽しい高校生活の一つかもしれない。考え直したみやかは、差し出された磯辺餅を受け取る。まだ温かい餅は、焦げた醤油が香ばしくて美味しかった。

「そうだ、爺ちゃんのところ、宿題のテーマ決まった？」

「いや、まだだが」

「そっか。決まってたら参考にしようと思ってたんだけど」

夏樹の言う宿題は、先程の日本史で出た研究レポートのことだ。

戻川高校では「高等学校における郷土史等のふるさと教育の推進」というものを掲げており、高校一年一学期の日本史で少しばかり特殊な宿題を課している。テーマは郷土研究。三～五人のグループを作り、葛野市の有名人や歴史などを調べてレポートにして提出するというものだ。

いつもの如く、グループは葛野甚夜、姫川みやか、梓屋薫の三人に加えて、富島柳と吉岡麻衣を合わせた計五人である。期限は六月いっぱい。みやか達もできれば早めにテーマを決めておきたいと昼食をとりながら軽く話し合ってはいたのだが、まだ明確には決まっていなかった。

「宿題やだなぁ、なんで高校になってすぐこんな難しいの出るんだろ」

薫が机に突っ伏して愚痴を零す。気持ちは分からないでもないが、出た以上は仕方がない。

「そう言わないの。でも実際、早めに決めておきたいよね」

親友の頭を撫でながら宥《なだ》めつつ、みやかは甚夜に「どうする？」と話を振った。彼は少しの間考え込み、思い付くものがあったのかかすかに頬を緩める。

「なんなら、先程のものを調べてみるか？」

「えっ？」

「夜刀守兼臣の話だ。兼臣はかつて葛野市がタタラ場であった頃の刀匠。産鉄の集落としての葛野を、妖刀を絡めて語るというのは案外面白いかもしれない」

葛野市は元々タタラ場で、産鉄を生業とした土地だ。今でも包丁などの鉄製品で有名な市であり、かつては刀鍛冶の集落として多くの名工を輩出している。その辺りを題材にするというのは資料も多くやりやすそうだ。

「それに」

甚夜が、まっすぐにみやかを見た。

そして、何故か穏やかな笑みを落とす。

「君が〝いつきひめ〟なら、知っておいた方がいいこともあるだろう」

2

みやかの家は、江戸の頃から続く由緒正しく歴史のある甚太神社。祀《まつ》る神は、火を司る土着の女神「マヒルさま」である。葛野がタタラ場であった頃に崇められた神を祀る社《やしろ》だ。

とはいえみやか自身はあまり興味がなく、詳しい謂《いわ》れについては触れてこなかった。知っていることと言えば、甚太神社という名前がかつて葛野を守護していた守り人の名にあやかって付けられたということ。巫女《みこ》を「いつきひめ」と呼び、この神社に生まれた女児は皆、名前に「夜」の文字が宛てがわれるということくらい。歴史的な事実に関しては、まったくと言っていいほど知らなかった。

「それじゃ、確認するね。私達のグループのテーマは『鉄師の集落としての葛野』。主にタタラ場だった頃の葛野市について調べる。それでいい？」

知識面ではあまり役には立たないが、一応関わりがあるということでみやかはグループリーダーに選ばれた。もっとも、役割はスケジュールの調節と話し合いの時の音頭をとること、後は出た意見をまとめる程度である。しかも甚夜とみやか、薫は帰宅部だし、柳と麻衣は放送部なので五人全員が放課後に時間を拘束されることはなく、日程調整についてはほとんどする必要がない。リーダーとは名ばかり、みやかの仕事は単なる司会進行役だった。

「うん。でも、まず何から調べればいいんだろう？」

「とりあえずは図書室あたりだろう。幸いこの高校は蔵書量も多い」

薫と甚夜は意外と相性が良いようで、上手く話を進めてくれる。柳と麻衣も馴染んできたようで、積極的に意見を出してくれた。

「なら麻衣の出番だな。頼んだ」

「う、うん。頑張るね」

放課後、早速五人で教室に残ってグループワークを開始する。

テーマは「鉄師の集落としての葛野」。かつてタタラ場であった頃に実在した刀鍛冶の兼臣に焦点を当て、鉄師の集落としての葛野市の歴史に触れるというものである。

レポートに記す内容としては、戦国から江戸にかけて葛野が日の本有数のタタラ場として隆盛を誇った時代について書き、その時代に活躍した兼臣という鍛冶師をクローズアップする。彼にまつわる説話として有名らしい「鬼を妻とし、人為的に妖刀を造り上げた」というものを取り上げ、そのあたりの逸話をいくつか紹介する。

勿論、ほとんどの者は妖刀の存在など信じない。だから落としどころとしては「このような逸話が生まれる程、葛野は優れた鍛冶の集落だった。そして現在の市の名産品として包丁などの鉄製品があるように、当時の技術は今に伝わっているのである」といったところだろうか。

もっとも、それは教師に提出するための表向きの内容だ。みやかからすれば夜刀守兼臣に関しての話と、甚夜の言う「いつきひめなら知っておいた方がいいこと」の方が重要だった。特に後者については、正直かなり興味がある。言い出した彼が何を知っているのか、何故知っているのかということも含めて。

　みやかにとっての葛野甚夜は、都市伝説と戦う不思議な男子程度の認識でしかない。何度も助けられているから悪意の類はないと思っているが、同年代とは思えない雰囲気の彼が何者なのかはいまだに分からないままだった。

「図書室か、苦手だなぁ」

「梓屋は、あまり読書はしないのか？」

「マンガなら少女少年かかわらずなんでも。あはは、マンガは読書じゃないかな？」

「そうでもないと思うが。何であれ、文字に触れるのはいいことだ」

「だよね。そうだ、今度葛野君にお勧めの貸してあげる」

「はは、楽しみにしているよ」

　案外、薫の方が彼については詳しいのかもしれない。五月の芸術鑑賞会の時にも思ったが、最近二人は妙に仲が良く、そもそも出会って間もない頃から甚夜は彼女には甘い。なにかと薫を気に掛ける姿は、少しだけ奇妙にも感じられた。

　下心があるのではと疑っているわけではない。みやかが懸《け》想《そう》をして、二人の関係に嫉妬しているといった事情もまったくない。甚夜の薫に対する接し方は、優しいというよりも一歩引いた保護者のような立ち位置に見えて、同じクラスの生徒としては違和感があった。

「あんまり、薫のこと甘やかさないでいいよ。嫌な時は嫌って言っても」

「みやかちゃん、ちょっとひどくない？」

「なに、子供は無邪気な方が可愛い。多少のわがままも愛嬌というものだよ」

「さりげに葛野君の方がひどいっ」

完全に近所の悪戯《いたずら》好きの子供扱いである。こうしたやりとりからして、恋愛感情ありきの甘いものではないと分かる。だからこそ、薫のことを「天女《てんにょ》」と形容する甚夜の態度の意味が測りきれなかった。

今回の郷土研究のテーマを受け入れたのは、それを通してもう少しだけ彼を知れたらと思ったからなのかもしれない。ただ、それも面倒な宿題を片付けてからの話だ。

「じゃあ、それぞれ資料を集めてからもう一度集まろうか」

五人は各々、図書室でそれらしい資料を集める。当たり前のように柳と麻衣は二人で行動をしているが、そこを指摘するのは野暮だろう。

みやか自身も、本棚にずらりと並んだ堅苦しいタイトルを順々に確かめる。

小野陶苑著の『鉄師考』。産鉄民の歴史と考察が主題の書物だが、古い本であるため文体が難しい。しかし資料としてはよさそうなので一応手に取る。次は『タタラ場を読み解く』。これは包丁で有名な葛野市の歴史に触れ、そこからタタラ製鉄に関して掘り下げていく内容のようだ。写真が多く読みやすそうなので、これも確保しておく。

三冊目を探していると、同じ本棚に移動してきた甚夜と目が合った。

「あ……葛野君。見つかった？」

「それなりには」

求める本の内容は一緒なのだから、探す場所も近くなる。敢《あ》えて違う本棚へ行くのも変だ。自然と二人横に並び、上から下へと書籍のタイトルを追っていく。

「あれ、薫は？　さっきまで一緒じゃなかった？」

「いっぱいあっても読めそうにないから、とりあえず一冊だけでも、だそうだ」

ちらりと甚夜が見た先を辿れば、大人しく着席して難しそうな顔で本と格闘している薫の姿がある。勉強は苦手だし宿題も嫌いだが、人任せにして手抜きするつもりもない。かといって多くの資料を捌《さば》ききれる自信もないので、せめて比較的簡単な本を一冊だけでもといったところか。彼女らしい選択に、みやかはくすりと微笑む。

　隣にいる甚夜も似たような気持ちらしく、手元の本に視線を落としながらも、まるで父親が娘の成長を喜ぶような妙に優しげな表情をしていた。

「葛野君、薫と仲良くなったね」

「そう見えているのならば嬉しいな。彼女には、よくしてもらっているよ」

「薫も随分懐いてるけど、葛野君も妙に気遣っているというか。やっぱりそれって、昔の知り合いの人に似てるから？」

　甚夜が目を細めた。喜んでいるのか驚いているのか、反応が読みにくかった。

「特別扱いしているつもりはなかったが、確かに孫と接するような気持ちが多少はあったかもしれない。しかし、そんなに甘いか？」

「すごく。出会って間もない頃は、薫は天女で私は姫川の娘だったし」

当初は、みやかも何故か変わった呼び方をされていた。

別に怒っているわけではない。昔から大げさな感情表現が苦手で、不愛想とはよく言われた。面白みのない性格だと自覚しているが変えようとは思っていない。周囲と比べて落ち込むこともしないし、多少対応が違っても不満は感じなかった。

質問も少し気になった程度で大した意味はない。多少は仲良くなれたからだろう、これくらいでは険悪にならないと自然に考えるくらいには気を許していた。

「すまない、配慮が足りなかったな」

「ううん。別に怒ってるわけではないから」

「そう言ってもらえるとありがたい。ただ弁明ではないが、〝姫川の娘〟と呼んだのは、決して君を軽んじたわけではないんだ」

「そうなの？」

聞き返せば甚夜は穏やかに、ゆっくりと頷いた。その態度に、でまかせや言いわけの類ではないと分かる。けれど強面の彼はみやか以上に冷静で、胸中を推し量ることはできない。

「それなら、うん、信じる。だから葛野君も、あんまり気にしないで欲しいかな」

「重ね重ね、すまない。いや、ありがとう、だな」

お互いに小さく笑って話はそこで終わった。軽んじたわけではないのなら、どういった意図があったのか。聞いてみたかったが、この話題を続けるのは彼を責めているような気分になる。藪《やぶ》をつついて蛇を出す結果になっても困るし、踏み込み過ぎは禁物だろう。二人は再び資料になる本を探すのに戻った。

それぞれが本を借りた後は、図書室だと作業がしにくいため教室に移った。机を合わせ、五人揃って借りてきたばかりの資料に目を通していく。勿論短い時間で全て読み切れるわけがない。流し読みをして、レポートに使えそうな部分をピックアップするのが主な作業だ。そんな中で頼りになるのは、既に郷土関係の本をいくつも読破していた吉岡麻衣の存在だった。

「葛野は古くから産鉄の地として有名でした。近隣を流れる戻川からは良質の砂鉄が採れ、近くには森があるのでタタラ炭も容易《たやす》く入手できる。立地の良さがタタラ場として栄えた理由の一つですね。同時に刀鍛冶においては『葛野の太刀は鬼をも断つ』と讃えられた、日の本有数の鉄師の集落でもあります。古い時代、山は神や怪異の住処でした。山間の集落だった葛野にとっても鬼や天狗といった山の怪異は脅威であり、それすらも討ち祓《はら》うと評価されたことは、葛野の刀の品質の高さを証明していると思い……あ、えっと。あの、思います」

今さら資料など読まずとも頭に入っているようで、持ってきた本は開かず脇に置いたまま葛野の歴史について語って聞かせてくれる。

みやかと薫は淀みのない彼女の語りに、正直かなり驚いていた。どうやら麻衣は好きなことになると結構喋るタイプらしい。滑らかに舌は動き、しかし注目されているのに気付いたのか、最後には顔を真っ赤にしていた。

「麻衣ちゃん、すごい……」

「そ、そんなことは」

薫の感嘆の声に麻衣の頬はさらに赤くなる。

やりとりを眺めていた柳は、自分が褒められている時より嬉しそうだった。

誇らしくなる気持ちも分かる。読書の趣味は知っていたが、まさかここまで頼りになるとは思っていなかった。みやかは素直に感心して、今回のグループワークの最大戦力を称賛する。

「ううん、正直かなり頼りになるよ。ごめんね、麻衣。続けてもらっていい？」

「はい、みやかさん。で、では。鉄師の集落としての葛野を紐解くうえで、非常に重要なのが『姫と青鬼』という説話です」

そこで小さく反応を示したのは甚夜である。ただ、口を挟むのではなく黙って耳を傾けている。

姫と青鬼。『大和流魂記』という江戸時代後期の説話集に記載されたこの物語の内容は「妹に想い人を殺された青年が憎しみから鬼となり、未来に再び戻ってくるという妹を止めるため旅へと出る」というものらしい。しかし現代では鬼が実在したとは考えられず、これはあくまで寓話であり、裏には違う解釈が存在しているとされていた。

「これは大雑把に言うと姫を殺され、青鬼が葛野を去る話です。ここで言う青鬼は、民俗学的な解釈で考えると青丹《あおに》のことだと思います。〝青〟とは上等な砂鉄のことで、〝丹〟は辰砂《しんしゃ》……赤色硫化水銀のことを指し、その二つを合わせて青丹と呼びます」

麻衣が別の角度からの説明をしてくれる。鉄にまつわる集落の話としては、鬼が実在したという説よりは飲み込みやすかった。

「つまり青鬼は青丹の転訛《てんか》。それが葛野から去ってしまったというのは、戻川から青丹……砂鉄が採れなくなって、タタラ場としての機能が少しずつ衰退していったことを示しているのだと思います」

　薫が感心して何度も頷く。

「なるほど……あれ、じゃあお姫様が死んだ、赤鬼に殺されたっていうのは？」

「妹が赤鬼になるくだりは、そもそも赤鬼自体が製鉄を意味する隠語でもあることから、砂鉄から鉄塊《ころ》を生み出すタタラ製鉄が廃れ、江戸後期に少しずつ製鉄の集落としての在り方が変化していったことを意味しているのではないかと。姫というのは、製鉄は女性の……。あ、ええっと」

　途中までは調子よく語っていたが、麻衣が急に恥ずかしそうに俯《うつむ》いた。今度は視線が集まったことに対する照れではないらしい。顔を赤くして目を潤ませ、先程とはまた違った雰囲気を醸し出している。

　いきなりのことで聞いていたメンバーは不思議そうにしているが、甚夜が一番にその変化の意味に気付いたようだ。

「ああ、なんだ。古い時代、タタラの鉄師というのは、製鉄の工程を人の一生に例え〝一代《ひとよ》〟と呼んだ」

　意外なことに甚夜も本を開かず、すらすらと産鉄の歴史について語る。

「一代は、特に女性の一生を指す。タタラ場における鉄塊《ころ》というのは、集落総出で産み落とす子供、命だった。つまり姫はタタラ製鉄そのもの。〝姫が死んだ〟というのは、タタラ製鉄が機能しなくなったことの隠喩ではないか、と吉岡は言いたいのではないかな」

「そ、そう！　それです！」

珍しく大きな声で麻衣が同意した。周りは意外なところから詳しい知識が得られたことに驚くが、それをよそに麻衣はあきらかに安堵していた。小さく「ありがとうございます」と伝える彼女に、甚夜が「気にするな」と返している。

意味が分からず小首をかしげていると、ばつが悪そうな顔で甚夜が一冊の本を差し出した。示したページを確認して、今のやりとりの意味を遅れて理解する。

彼の言う通り、タタラ製鉄は女性の一生に例えられて一代と表現される。またタタラ場の製鉄所は高殿《たかどの》、製鉄炉は火処《ほど》と呼ばれたそうだ。火処は鉄を生み出す場所。製鉄は女性の一生に、その作業は出産と例えられる。製鉄を産鉄と呼ぶのは、つまり女性が子供を産むように、鉄はタタラ場から生まれてくるとされたから。そして火処は秘所に通じ、火処《ほど》は女陰《ほと》に通ずる。もっと言えば、かつて製鉄炉はホト……女性器と例えられ、真処とも称されたそうなのである。

そういう意味もあって、姫というのは真処から子宝、粉宝《こなだから》＝鉄塊《ころ》を生むタタラ製鉄の寓意ではないか、と麻衣は言いたかったのだろう。

確かにこれは同年代の男子の前で説明するにはハードルが高い。先程の礼は、途中で話を代わってくれて本当に助かったという意味だったらしい。

「か、葛野君……詳しい、ね」

羞恥からか、それとも甚夜の外見のせいか。麻衣は少し怯《おび》えた調子で声をかける。いじめを経験した麻衣から見ると、甚夜の厳つい容貌はかなり怖く見えるのかもしれない。

少しでも苦手意識を抱かせないための気配りか、甚夜がゆっくりとした口調で答えた。

「そういう吉岡も、青鬼の話なんぞよく知っていたな」

「私は前に、図書室で『大和流魂記』を読んで」

「ほう、大和流魂記。江戸時代後期の説話集、だったか。『天邪鬼と瓜子姫』や『狐の鏡』程度なら私も知っているが」

「それも載ってるよ。他にも、『寺町の隠形鬼《おんぎょうき》』とか、『幽霊小路』とかも好き」

「寺町の隠形鬼……ああ、江戸の頃の姿の見えない通り魔だな」

「うん、スタンダードな怪談。姿の見えないものに対する恐怖って、今の時代の怖い話にも通じるものだと思います」

「確かに……と、話が逸れすぎたな。あと、君の守り人が怖い目をしている」

思いのほか会話は盛り上がった。途中から麻衣の硬さも取れていき、反面微笑ましく眺めていた柳の表情の方が若干硬くなる。

「柳くん……？」

「なにを言ってるのか、俺には全然分からないな。葛野も妙なことを言うなよ」

話を振られても慌てず、平然と返すあたり柳はさすがである。

もっとも麻衣を除く女性陣からすると、彼の内心は透けている。両想いだろうに何故付き合わないのか不思議なくらいだった。

「話を戻そう。吉岡の言葉の続きを取るようで申しわけないが、いいか？」

「う、うん。どうぞ」

「ありがとう。では、『姫と青鬼』における姫には、舞台が葛野であることを考えれば、先程語った内容以外にも意味がある。葛野において姫は火女《ひめ》、火の女を意味したからだ」

彼が言うには、葛野は産鉄によって成り立つ土地。鉄を打つに火は不可欠であり、自然と信仰の対象は火の神になる。この火を司る女神は「マヒルさま」と呼ばれ、火処（製鉄の炉）に消えることのない火を灯し、葛野に繁栄をもたらすと信じられていた。

マヒルさま、火の神に畏敬を抱くのは産鉄民として至極当然の成り行き。日々の生活を支える鉄、その母たる火と通じ合う存在は、古い時代には神と同一視されたそうだ。

「火と通じ合う存在、ってどういうこと？」

薫がこてんと首をかしげる。

「火の神と繋がる術を持った巫覡《ふげき》。まあ、巫女のことだな。古い時代、葛野では姫は火の女、マヒルさまに仕える女を指した。いわゆるお姫様ではなく、心身を清め神に添う巫女……斎《いつき》を意味する言葉だったんだ」

だから、と甚夜がみやかに視線を送る。

「葛野ではマヒルさまに繋がる術を持つ巫女の家系を斎の火女、〝いつきひめ〟と呼んで崇めたというわけだ」

「えっ、いつき……ひめ？」

「ああ。姫川の家の神社で巫女をそう呼ぶのは、葛野がタタラ場であった頃の名残《なごり》だな。そして姫川は今代のいつきひめ。世が世なら、俗人では声をかけることさえ許されない尊き御方だぞ」

　甚夜が冗談めかしてそう言えば、薫が「みやか様」なんて呼びながら頭を下げてきたのでとりあえず止めておいた。薫ほど顕著ではないが、柳もかなり驚いている様子だ。

「ってことは姫川さんの家って、相当歴史ある神社なんだ？」

「う、うん、一応江戸時代から続いてるって聞いてる」

「それで、今のいつきひめが姫川さん。はぁ、なんというか、身近なところにそういう話ってあるんだなぁ。マジで驚いた。何が一番驚いたって、葛野が麻衣並みに歴史に詳しいってとこだけど」

　柳の言葉は、その場にいる全員の気持ちを代弁していた。中でも一番動揺していたのは、間違いなくみやかだろう。今代のいつきひめだというのに、初めて知る内容ばかりだった。薫もみやかの家や甚太神社に出入りする機会が多い分、隠されていた事実に目を白黒させている。

「でも、本当にびっくり。全然知らなかったや。だから甚太神社って巫女さんのこといつきひめっていうんだね。あれ？　なんでみやかちゃんも驚いてるの？　〝いつきひめ〟なんだよね？」

「えっ、と。そんなに興味なかったから、私、詳しい謂れは知らなくて……」

　自分の家のことなのに、他の人の方が詳しいというのは非常に居た堪《たま》れない。注がれる薫の視線から目を逸らしつつ、誤魔化すためにもみやかは話を続けるよう促す。

「そ、それじゃあ、いつきひめってそんな昔から。少なくとも江戸時代には、そう呼ばれてたんだ？」

「ああ。そして葛野の民は、火の神と繋がるいつきひめを信奉し、鉄とそれをもたらす火に感謝して暮らしていた。その意味でいつきひめは集落の長よりも権力が高く、彼女が住まう社も集落で一番安全な場所に建てられた」

「あっ、それ知ってる！　もともとみやかちゃんの家の神社って、この高校の場所にあったんだよね？」

　高校入学前にみやかから聞いた話を覚えていたようで、大きく右手を上げて薫が答える。

　その通りだ、と先生よろしく甚夜が頷けば、ちゃんと発言できたのが嬉しかったのか薫が満面の笑みを浮かべていた。

「梓屋が言うように、巫女の身の安全を考えて戻川が氾濫しても被害の少ないこの場所に、かつては社が建てられていた。甚太神社の造営は江戸の頃だが、いつきひめの社自体はそれ以前、戦国の頃には既にあった。つまりタタラ場であった頃、この高校は集落の中心だった……どうだ、教師受けのよさそうな与太だろう？」

「おお、確かに。先生らの好きそうな感じだよな。姫川さんがいつきひめってのも含めて、俺らのグループのレポート、結構いい出来になるんじゃないか？」

「ほんとほんと。後は、まとめるのはリーダーに期待だねっ」

　話の内容に柳も薫も興奮していた。

　戻川高校が建てられる以前にあったという社、姫川みやかの家の神社との関係。なにより、いつきひめ。学校の宿題どうこうではなく、普通に興味深い話だった。麻衣も強く興味を惹かれたらしく、甚夜と若干本題から外れた話で盛り上がっている。

「あの、葛野君。もしかして、姫と青鬼の話って寓意だけじゃなく」

「ああ。実在の事件を下敷きにした説話、だろうな。勿論、吉岡の語った内容も間違ってはいないが」

「つまり、実際に起こった出来事に寓意を含ませたもの……もう一度、『大和流魂記』を借りてきます。読み直したら、また新しい発見があるかも」

教師の評価が高そうな内容なのはありがたかった。昼食時の雑談から決まったテーマだったが、今回のレポートはなかなかいい出来になりそうだ。思った以上に意見交換は進み、リーダーのみやかを中心に今日の話をまとめていく。

夕暮れが藍色に染まる頃には、レポートの冒頭の草案はでき上がっていた。

「うん、こんなものかな。まだ初めの部分だけ、でも意外としっかり書けた」

「お疲れさま、みやかちゃん。さすがに今日は疲れちゃったや、もう帰ろうよ」

「そう、だね。皆もそれでいい？」

みやかの問いかけに、それぞれが肯定の言葉を返す。

日は暮れてしまったが、切りのいいところまで済んだ。夜になってまた都市伝説に遭遇したでは笑い話にもならないし、今日はこのまま解散となった。

麻衣は柳が家まで送り、みやかはいつも通り甚夜と薫と共に下校する。遅くなった時は、いつも彼が家まで送ってくれる。そういう意味では、薫だけでなくみやかのことも特別扱いはしてくれているのだ。申しわけなくはあるが、嫌な気分ではなかった。

「じゃあね、みやかちゃん、葛野君。また明日！」

「うん、またね」

「ちゃんと暖かくして寝るんだぞ」

「心配してくれるのは嬉しいんだけど、葛野君の中の私はどこまで子供なんだろ……」

薫の方が高校と自宅までの距離が短い。そのためいつも先に彼女を送り、次にみやかの家へと向かう。必然的に二人きりで帰る機会は多かった。

最初の頃は少し緊張したが、今はそうでもない。お互いテンションを上げて喋る方でもなく、ぽつりぽつりと言葉を交わし、時折笑みが零れる。穏やかなやりとりが心地よかった。

「宿題、結構進んだね」

「ああ。君にとっても面白い話だったろう？」

それは確かに。いつきひめならば知っておいた方がいいこと、と彼は最初に言っていた。まさしくその通りで、今日の内容は葛野の歴史であると同時に甚太神社、いつきひめの基礎知識とでも呼ぶべきものだった。

みやかもまたいつきひめ。これくらいは知っておくべきだろう。

「うん、そうだね。でも、意外だったかな。葛野君が、ああいう話に詳しいのって。結構本読むんだ？」

「夏樹の曽祖母は華族でな。屋敷の書斎を借りてはよく読んでいた。が、今回の話はその類ではない。なにせ私は、とうに百歳を超えている。実は、全部この目で見聞きした話なんだ」

「ふふ、なにそれ」

明らかに冗談だった。ただのクラスメイトが言ったなら「へぇ」と顔色一つ変えずに流しただろう。冗談を言いそうもない彼だから、余計に面白く感じられた。中学の頃は、こうしてくだらないことを言い合える相手は薫ぐらいしかいなかった。

過度に親し過ぎない、距離を置きながらも和やかな交流。多分、この何気ない帰路は結構なお気に入りだった。

「それじゃ、ここで」

「では、また明日」

「うん、また」

自宅につき、互いに小さく手を振り合って別れる。玄関先で長居をさせて両親と甚夜が鉢合わせるような状況は避けたい。後ろ髪を引かれるような関係でもなくドアに手をかけるが、そこで甚夜が思い出したようにみやかの背中へ声をかけた。

「ああ、そうだ」

「どうしたの？」

「いや、明日は話の続きをしようと思ってな。できれば、聞いて欲しいんだ」

一応はリーダーだから作業に関連する話なら時間をとるが、今のセリフはそういうニュアンスではないように思えた。宿題とは関係なく、姫川みやか個人に聞いておいて欲しいということだろう。

「みんなで集まる前に、時間作った方がいい？」

「そうしてくれるとありがたい」

「構わないけど、大切な話？」

「君にとってどうかは分からない。だが、私にとっては伝えたいことだ」

遠まわしで分かりにくいが、真剣なのは理解できる。軽く扱ってはいけない類のものだ。みやかはしっかりと頷いて了承の意を示す。

「うん、じゃあ放課後に……屋上とか」

「分かった、また鍵を借りておく。その時に聞いて欲しい」

どうやらこの対応で間違いなかったらしい。甚夜は安堵するようにゆっくりと息を吐いた。

「兼臣と夜刀、夜刀守兼臣。なにより、いつきひめの話を」

それをずっと君に伝えたかったのだと、祈るような真摯さで彼は言った。

3

「姫川、おつー」

「おつかれ、桃恵さんはもう帰り？」

「そそ。部活真剣にってキャラじゃないしね、万年帰宅部だよ。ってかアキだってての。萌言うな」

　授業が終わり、クラスメイトは各々教室を出ていく。部活に所属する生徒達は授業中とは比べ物にならない元気さで部室へと向かい、そうでない者達は帰りにどこに行くか算段を立てていた。クラスの中でも派手な女子グループに入っている桃恵萌は後者らしく、同じくギャルっぽい女子数人と駅前へ繰り出すそうだ。

「そだ、姫川もどう？　服とかアクセとか見に行くんだけど、なんならいい感じにしたげるよ？」

「遠慮しとく。そういうの苦手だし」

「もったいないなぁ。すっぴんでそれなんだから、お洒落したらすっごい映えるのに。絶対可愛いし、男どもにもモテるよ？　興味ない？」

「うん。正直、趣味じゃないかな」

　桃恵達のするような派手な格好がではなく、そもそもみやかは着飾ること自体にあまり興味がない。シャンプーやリンスにこだわったり、眉を整えたりくらいはする。ニキビができないよう肌のケアはしっかりしているし、睡眠も十分とって太りたくないから暴飲暴食は控え、毎日の軽い運動も欠かしたことはない。長い髪も手入れはしているし、それなりに身嗜《みだしな》みにも気を遣ってはいた。

しかし積極的にメイクをしたり髪を染めたり、今向きのファッションや派手なアクセを付けたりするのは正直苦手だ。メイクはしないし装飾も最低限。衣服はスカートよりもパンツルックの方が動きやすくて好きで、レースやリボンよりシンプルな方がいい。桃恵達をけなすつもりはないし、着崩した制服姿も可愛いとは思う。だが、自分がやりたいかどうかは別の話だ。

「姫川、それちょっと違うよ」

「えっ？」

「お洒落ってのは、趣味でやるもんじゃないってこと。寒い冬でもミニスカート、お風呂上りに化粧水と乳液。30分早く起きてでもメイクをする。全部が自分であるための努力なの。だから、おしゃれは趣味じゃなくて心意気。自分はこう在りたい、望む自分で日々を送りたい。そういう心意気の現れなわけよ」

みやかを指さして、桃恵がきっぱりと言い切る。

正直、驚いた。彼女の立ち振る舞いはお世辞にも真面目とは言い難く、色々とよくない噂もある。一部の女子に「援助交際をしている」なんて言われてしまうくらい、今風で軽そうな外見をした女子である。しかし自分の意見をしっかりと持っており、周りが言うような軽さは微塵も感じられない。不敵に笑う彼女はかなりの男前だった。

「ごめん。少し、失礼だったね」

「あ、いや、そんなマジに謝られるとこっちも困るんだけど。マジメだね、姫川は」

軽く手を振って、気にするなと桃恵は口元を緩めた。

彼女は服装で損をしている。教師陣には不真面目だと言われているし、男子達にも変な目で見られ、挙句の果てに援助交際の噂だ。ただ指摘されても、今の格好はやめないのだろう。軽い言動とは裏腹に案外頑固そうだ。若さゆえの反発ではなく、納得できないことには従わないと突っぱねる姿が容易に想像できた。

「そういう桃恵さんも、実は真面目だね」

「マジメというか一途？　ほら、前も言ったっしょ？　気になる男がここに入学するって聞いたから追って来たって。やっぱさ、かわいくいたいじゃん、せっかくだし」

外見とは裏腹に真面目で結構純情でもあるらしい。意中の男子の名前は教えてもらえなかったが、今はまだ見ているだけで交流は持てていないとのこと。照れたように頬を掻きながら「恥ずいから今のは忘れて」なんてぼやく彼女は、とても女の子らしく見えた。

「ま、いいや。校門くらいまでは一緒に帰る？」

「嬉しいお誘いだけど、次の機会にさせてもらっていい？　今日はちょっと葛野君と話があって」

「へぇ？」

気が抜けていたせいか、失言をしてしまった。桃恵はみやかと甚夜の関係に興味があるらしく、隙を見せるとすぐに食いついてくる。

　後悔したがもう遅い。彼女はにたりと嫌な笑顔を浮かべている。

「それ早く言ってよ。そしたら引き止めなかったのにさぁ。なに、どんな話？　そだ、あたしもついて行っていい？」

「えっ、と。服見に行くんじゃ？」

「そんなんいつでも行けるって！　詳しく聞かせてよ。なになに、やっぱり葛野と仲いいの？　てか、もしかしたら前からの知り合い？　なんか事件に巻き込まれて助けてもらったとか？　馴れ初めとか普段の会話とか知りたいんだけど、とりあえずなんか奢《おご》るから色々と話聞かせてよ」

「ああ、ごめんね、桃恵さん」

「だからアキだって。ちょっ、逃げんな！」

　質問攻めにされたが一つも答えず、中学時代女子バスケで鍛え上げた脚力で桃恵を置き去りにする。申しわけないが話せることなどほとんどないし、彼を待たせているのも事実だ。謝るのは明日にして、廊下を一気に走り抜けて屋上へと向かう。

　階段を駆け上って屋上へと繋がる鉄の扉に手をかければ、鍵は既に開いていた。長く話し込み過ぎたようだ。ぎぎぃ、と鉄の音が鳴る扉を開ければ、夕暮れの空に目が眩《くら》む。甚夜は屋上の柵の近くで待っていた。

「ああ、姫川」

　久しぶりに全力で走ったから息が上がった。二度三度深呼吸してから、短く挨拶をする。

「ごめん、遅くなって」

「いや」

どれくらい待たせたのかは分からないが、機嫌を損ねたりはしていないようだ。それでも遅れたことには変わらない。もう一度謝ろうとしたが、彼が小さく首を横に振って気にしないでいいと示してくれた。

こくんと頷き返し、それでおしまい。いつまでもこうしていても仕方ないと、二人は扉付近の壁に背中を預けて並んで夕暮れを眺めた。

「それで、話って」

「昨日の続きだ。夜刀守兼臣の話。そしていつきひめの話を、君に知っていて欲しかった」

いつきひめの話は、みやかにとっても有意義なものだった。しかし夜刀守兼臣の話というのは想像もつかない。説話に語られる妖刀。それを詳しく知ったところで、グループワークに使える知識が一つ増える程度ではないだろうか。

そう思いながらも余計な茶々を入れなかったのは、多分彼の表情が真剣だったせいだろう。

しっかりと耳を傾けないといけない。みやかは視線を夕暮れから甚夜に向ける。

「では、聞いてくれるか？　君には直接関係ない、君に繋がる幾多の物語を」

そう前置きをして彼は鍛冶師と鬼女、そしていつきひめの話をゆっくりと語り始めた。

◇

人の知ることのできる範囲には限りがある。

どれだけ聡明な人間でも、どんなに努力しても、人は自分の見ているものしか見えていない。

だから甚夜には、兼臣と夜刀がどのような出会いを経て、いかにして心を重ねていったのかは語れない。彼が知るのは書物で学べる知識と、妖刀や鬼を喰らうことで得た限られた記憶のみ。けれど、長く生きた彼だからこそ伝えられるものもある。

姫川みやかに聞いて欲しかったのは、そういう話だ。

鍛治師と鬼女の出会いから始まり現代まで続く、流転する想いの物語である。


戦国時代の刀匠兼臣は山賊崩れに襲われ、逃げ込んだ「いらずの森」で鬼女と出会う。おそらく炎を操ることが、鬼女の異能だったのだろう。後代に伝わる言葉から想像するに、差し詰め異能の名は〈火女《ひめ》〉といったところか。ともかく兼臣は高位の鬼に命を救われて、心から彼女に感謝した。

しかし彼の生まれた集落では、鬼は忌み嫌われる存在だった。

古い時代、鬼や妖異の存在は現実的な脅威だった。鬼は人をさらって食い、時には疾病を招く。特に山間の集落では、都に住む者や地方の農民に比べて妖異に対する畏怖や嫌悪が強い。山民にとって鬼の存在は説話や伝承の類ではなく、飢饉や水害などと同じく身近なものだ。だからこそ葛野の民は鬼を恐れ、忌み嫌う。彼等にとって鬼とは、鬼であるというだけで悪なのだ。

しかしあやかしの姫に触れた兼臣には、それがどうしても受け入れられなかった。

〃鬼は鬼というだけで近付いてはいけない。そんな馬鹿な話があるだろうか〃

兼臣は人目を盗み、何度もいらずの森へと踏み入る。無論鬼女に会うためだ。森の中でひっそりと暮らす彼女のもとへ、彼は毎日のように通い詰めた。

『鬼に近付けば人からは離れる。だから、帰れ』

あやかしの姫は、鬼と懇意にして人から迫害されるようなことになってはいけないと繰り返し兼臣を諫《いさ》める。だが、それは逆効果だった。鬼であるというだけで虐《しいた》げる集落の者達、鬼でありながら人を気遣うあやかしの姫。どちらを好ましく思うかなど分かり切っている。

結局、いくら止めようが兼臣は鬼女を訪ね、根負けしたのか彼女も何も言わなくなる。

神域の森の奥深くで密やかに逢瀬を重ねて、いつしか彼らは恋に落ちた。


歳月は流れ、兼臣は妻を娶《めと》った。

艶やかな黒髪と病的なまでに白い肌。淑やかな振る舞いはとてもではないがタタラ場の女には見えなかった。

実際、集落の女ではなかった。彼女は刀を売りに集落の外へと出かけた時、偶然知り合った女だという。兼臣は武家からもお抱えの刀工にと誘われる程の鍛冶師だ。あの美しい女ともそういう伝手《つて》で知り合ったのだろうと集落で噂になる程度だった。

妻の名は夜刀。多少ぶっきらぼうなきらいはあるし、旦那は尻に敷かれているようだが、夫婦の間に流れる空気は柔らかい。集落の男達は、若く美しい連れ合いの存在に多少嫉妬はしながらも祝福した。

鍛冶師である兼臣と鬼女である夜刀は、仲睦まじく日々を過ごす。いつしか彼らは集落一番の夫婦と呼ばれるようになった。

和やかに続く日々の中、兼臣は特別な刀を打つと決めた。生活のための鍛冶ではなく、妻のために刀を打ちたいと思ったのだ。兼臣は心血を注ぎ、全霊をもって鉄と向き合う。そこには妻である夜刀の協力もあった。比喩ではなく、雑事をこなすという意味でもない。刀を打つために、兼臣は妻の血……鬼の血を分けてもらったのだ。

『兼臣、それが』

「ああ、お前の血を練り込んで打った太刀だ」

鍛え上げた一振りの刀を眺めながら、満足して兼臣は頷いた。

この手で妖刀を打ちたい、鬼の異能を宿した刀を造りたい。妻に血をもらう時、兼臣はその目的を夜刀に伝えた。刀は楽しく打てればいい。それが信条だった兼臣にとって、初めて描いた理想だった。夜刀は戸惑いながらも頷いてくれた。鬼は嘘をつかない。彼女は愛する夫の望みを叶えてやりたいのだと語った。

そうして造られた夜刀の血を練り込んだ太刀は、見目麗しく切れ味鋭く、まさしく名刀と呼ぶにふさわしい出来となった。

『いい出来だ。だが本当に鬼の力を持った刀になるのか？』

「さあ？　鬼が百年を経て力を得るんなら、この刀が百年の後に力を持ってもおかしかないと思うが……実際のところどうなるかは分かんねえな」

『……適当だな』

人に遥か先は見通せない。鬼ならば百年後も生きていられるが、兼臣はこの刀の行き着く先を知らずに死ぬ。だからこの刀は、彼にとって意味のあるものとはならない。だがこの刀は、兼臣にとって何よりも価値のあるものだった。

「だがよ、そうなったら面白いと思わねぇか？　鬼と人。異なるものが混じり合って新しいものが生まれる。俺はな、それが見たいんだ」

根底にあるのは、まだ結ばれる前に夜刀がぼやくように零した呟きだった。

「お前はいつだったか聞いたな。鬼と人は互いに疑い、憎しみ合うしかできないのか、と」

兼臣が覚えていたことに夜刀は驚いているようだ。彼女にとってはそのくらい些細なものだったのだろう。だが兼臣は、ずっとそれについて考え続けていた。

果たして人と鬼は、心底信じ合える同胞となれるのか。その答えは今の彼には出せない。だからこそ、この刀を打ったのだ。

「なあ、夜刀よ。俺は刀を打つしか能のない馬鹿な男だから、お前の疑問には答えられん。だが俺とお前は夫婦になれた。ならきっと、いつかは垣根を越えて共に生きられる日が来ると信じている」

『本当に？』

「ああ、勿論。だから俺はこの刀を打った。もし、この刀が百年の後に力を得たなら、それは俺の考えが間違いじゃなかった証明だ。……残念ながら俺にゃあ、それを見ることは叶わんが」

　兼臣はまっすぐに夜刀の目を見た。彼が百年を生きることはできない。この刀が本当に妖刀となれるかを知る術はない。けれどここに、千年を生きる者がいる。夜刀は夫が死んだ後も続く長い日々を、一人で越えていかなければいけない。

「悪い、夜刀。代わりにお前が見てきてくれねえか？　そして、もしも力を得られたなら疑わないで欲しい。人は馬鹿で、時々間違いを犯すが、鬼は自分を曲げられず、ぶつかり合うこともあるが。それでも俺達は共に生きられるのだと」

『……兼臣』

「お前の血を練り込んだ刀。そうだな……あと三口程打ってみるか。四口の刀に刻む銘は、全て大銘を夜刀守、小銘を兼臣としよう。夜刀守兼臣……俺とお前の名を持つ刀が、鬼と人が百年後どうなるのか。お前に、確かめて欲しい」

　つまり夜刀守兼臣とは、夫から妻へ贈った約束だった。

　兼臣が死んだ後、独りで生きていく夜刀が孤独に負けてしまわないよう、寂しさに泣いてしまわないように百年後の約束を贈った。彼女よりも早く逝く兼臣では、これからの歳月を傍で支えてやることはできない。だからせめて刀を打つ。

　道行きの途中、夜刀が寂しさに足を止めて全てを投げ出してしまわないように。二人の名を冠した愛し子のような刀の結末を、彼女に見てきて欲しいと願った。いつかこの刀は妖刀になるかもしれない、なれないかもしれない。結末はどちらでもよかった。夜刀にとって生きる意味の一つとなれば、それで役割は果たせる。

兼臣が打った四口の刀は、全て夜刀のための道標なのだ。

『分かった……任せるがいい。お前の想いの行く先は私が見届ける』

「すまんな、面倒を押し付けるようで」

『なに、夫の願いを叶える……これも妻の務めだよ』

夜刀が笑った。泣きそうな、けれど強さを感じさせる透明な笑みだ。それは確かな決意を感じさせるものだった。

『人の命は百年もない。いずれ、お前は私を置いて逝ってしまう。悲しむだろう、泣くだろう。お前がいない日々に耐えられず、一緒に死んでしまいたいなんて考えてしまうかもしれない』

辛い道行きの先を語りながらも、夜刀は穏やかなままだ。

『だが、お前がそう願ってくれたように、私は生きようと思う。そしていつか、妖刀の辿り着く先をこの目で見て天寿を全うし、幽世《かくりよ》でお前に伝えよう。〝大丈夫。私達の愛し子は、ちゃんと貴方が願った通りの場所に辿り着けた〟……お前の願いも優しさもまっすぐ胸に伝わった。ならば私は、それに報いる生き方をしよう』

夜刀守兼臣とはそういう約束だ。それが後代になって、この刀に簡素な説明が添えられた。

「戦国時代の刀匠兼臣は鬼を妻とし、その血を用いて人為的に妖刀を造り上げた」

夫婦の間で交わされた想いが、説話に記されることはなかった。

それからも日々は続く。

「おお、土浦《つちうら》。来たか」

鍛冶場で鎚《つち》を振るっていると、使いに出していた唯一の弟子が戻った。

土浦は人だが生まれながらに大柄で、膂力《りょりょく》にも優れていたため鬼子《おにご》と呼ばれていた。葛野の集落では爪弾《つまはじ》きにあっており、年齢を重ねても働き口がない。そんな彼を見かねて、兼臣がほとんど無理矢理弟子にしたのだ。

集落の者に罪悪感はない。むしろ鬼と見做《みな》したものへの迫害は正義として扱われた。村八分にあっている彼を受け入れた兼臣の方が異端だろう。もっとも兼臣本人は深く考えておらず、力仕事を任せるには丁度いいくらいにしか思っていなかったが。

「見てくれ、二本目だ。今度のは少し波紋にこだわってみてな。のたれ刃に葉《よう》の組み合わせ。まるで娘子のように涼やかな刀身じゃねえか」

自身が打った刀を土浦に見せつけるが、理解できないのか困った顔をする。

兼臣は稀代《きたい》の名工だが、同時に奇怪な変人とも言われていた。葛野随一の鍛冶の腕を持ちながら、その時の気分でしか仕事をしない。拵《こしら》えを作る以外の全ての工程を自分一人で行う頑固者。土浦が出入りしているせいで「あの男の鍛冶場には鬼が出入りしている」と陰口を叩かれていたが、それでも平然と笑っている。

兼臣は周囲の噂を気にしていない。土浦の件はともかく、夜刀を娶っている以上鬼が出入りしているというのは誤解とも言い難かった。

『兼臣、それ以上はやめておけ。弟子が困惑している』

兼臣と夜刀は相変わらずの仲睦まじい夫婦だ。鬼と人は分かり合える、それを自ら証明し続けている。その空気が心地よかったのか、集落では陰鬱な顔をしていた土浦も、この鍛冶場にいる時だけは眉間に皺を作ることはなかった。

「いや、でもよ夜刀、見てくれ。こいつは我ながら美女になった」

『……そんなだから、お前は変人だと言われるんだ』

「何故呆れたような目で俺を見る。我が弟子よ、お前までっ⁉」

「ああ、いや。つい」

土浦は乾いた笑いを浮かべる。納得がいかず兼臣は仏頂面になるも夜刀に宥《なだ》められる。

こんな調子で、今日も刀を打つ。

兼臣は、いつまでもこんな日々が続いていくのだと信じて疑わなかった。

けれど崩壊は、知らぬ間に忍び寄ってきた。

いつまでも若い妻。誰かが零した疑いが、次第に凝り固まっていったのだ。

「鬼じゃ。やはり兼臣は鬼女を嫁にしておった」

「こうなると土浦も鬼で間違いあるまい。おそらくは、あやつが手引きしたのだ」

「考えてみれば、急に現れたこと自体がおかしかった」

「まさしく。兼臣は鬼に操られたのだろう」

「だがどうする」

「決まっておろう。鬼が集落におっても災いの種にしかならん」

「しかし兼臣も殺すのか。あれの鍛冶の腕は葛野随一、殺すのは……」

「兼臣も鬼から離れれば目を覚ますわ」

「なるほど、ならば」

「ああ」

――鬼どもを、殺すぞ。


集落には、東吾《とうご》という男がいた。

兼臣に次ぐ鍛冶師として持て囃《はや》された人物で、刀鍛冶に対して尋常ではないこだわりを持ち、全てを犠牲にしてでも後世まで残る名刀を造りたいと常日頃から語っていたという。

二人は別段親しくもない。というのも、この男は自分よりも腕のいい兼臣を妬み、刺々しい態度ばかりをとっていた。

両者の対立は鍛冶への向き合い方にあった。兼臣にとって刀鍛冶は、言い方は悪いが趣味でしかない。鍛冶場の熱気も鉄を打つ甲高い音も心地よく、自分の手で何かを生み出す感覚が好きだった。逆に東吾は、名刀を生むために刀鍛冶という苦行に耐えるのを信条にしていた。

兼臣にとって鍛冶とは、それ自体が楽しいもの。耐えるようなものではない。過程を楽しめるから結果がついてくるのだ。一方、東吾は結果を求めるが故に過程を突き詰める。それでこそ名刀が生まれると信じていたらしい。

才というのは、時に信念を容易くへし折ってしまう。東吾が命を削ぎ落とす覚悟で打った刀は、兼臣が生活のために打った一振りにも劣った。全霊をかけても気楽に生きる男に届かない。その事実は鬱屈した感情を抱かせるには十分すぎた。

「俺は鍛冶師だ。ならば、後世まで残る名刀を造りたいと思って何が悪い」

「別に悪かねぇけどよ。俺はそういうのに興味がないんだ。ただ気持ちよく刀が打てて、餓えない程度に飯を食えりゃそれでいい」

「だから、お前には分からんのだ……」

東吾は憎しみの籠った目で睨《にら》みつける。

集落を代表する鍛冶師のいがみ合いは問題視され、当時の集落の長がそれを諌めた。絡んでいくのはいつも東吾だったが、呼び出されたのは兼臣だ。集落の長は兼臣の才を買っていた。ただ彼の鍛冶に対する向き合い方に関しては、よく思っていなかったようだった。

「多くの鍛冶師は心血を注ぎ、全霊を傾け、生涯を賭して珠玉の一振りを打つ。その出来栄えは、兼臣が普段適当に打つものとほとんど変わらん。それほどお前の才は抜きん出ておる。兼臣よ、才ある者は傲慢でなくてはいかんぞ。有象《うぞう》無象《むぞう》などいかに努力したところで我には敵わぬ。そういう態度でいなければ、才なき者が報われん」

他を歯牙にもかけない腕でありながらそれに頓着しない、その態度こそが凡人を苦しめる。長の言葉は紛れもない事実だったが、自らの才に執着しない兼臣にはその考え方が理解できなかった。

　彼には色々と見えていないものが多かった。

　いつまでも若い夜刀は鬼女ではないか。兼臣はあやかしと繋がり何かを企んでいるのでは。そういった意見が出た時、ではこの手で鬼女を討つといの一番に進言したのは東吾だった。

　兼臣と夜刀との間に娘が生まれ、四振り目の夜刀守兼臣を作ろうと取り掛かった頃、鍛冶場が襲撃された。葛野に潜り込んだ鬼を討つ。そう言って集落の民達は夜刀と土浦を殺そうと画策したのだ。

　兼臣は妻を守るために体を張ったが、数の暴力には勝てなかった。夜刀の異能ならば民を焼き殺すこともできただろう。しかし彼女は弱くなった。自らの命を狙う相手だと分かっていても、夫の同胞を傷つけることができなかった。いつの間にか彼女は、兼臣だけでなく人そのものを愛してしまったのだ。そんな彼女にできたのは逃げることだけ。けれど次第に追い詰められ、兼臣の鍛冶場で倒れ込んだところで刀を突き付けられた。

　夜刀の最期に立ち会ったのは東吾だった。

「おい、嘘だろ……東吾。そんな、わけ。夜刀が」

「嘘なものか。貴様の妻は炉に落ちて焼け死んだ。安心してくれ皆、土浦に夜刀。集落に入り込んだ鬼どもは死に絶えたのだ！」

「う、そだ。なあ、頼むから、嘘だって言ってくれよ……っ！」

一連の騒動は、目論見《もくろみ》がある程度達成されたことで収束した。

土浦は親しかった女に呼び出されたところを、集落の男たちに襲われたそうだ。しかし彼の正体は本当に鬼だったらしく、邪魔者を皆殺しにして葛野から逃げたのだという。

兼臣自身は、鬼どもに騙された憐れな男ということで落ち着いた。葛野の民は「鬼と共に暮らしたなら、あれも鬼の仲間だろう」と言ったが、集落の長が庇って責任をもって監視すると明言したことで事なきを得た。

「すまない、このくらいしかしてやれなんだ」

その呟きに、長の行動はなんの裏もない善意だと知れた。

夜刀の最期は伝聞でしかない。製鉄の炉に突き落とされ、身を焼かれて死んでいったと東吾が語った。彼は兼臣と仲の悪い男だった。庇いだてする理由もなく、おそらくは本当だろうと集落の民は納得した。刀の出来にこだわる東吾のことだ。伝え聞く干将莫邪《かんしょうばくや》のように、鬼を鉄に溶かして名刀を鍛えるつもりだったのかもしれない。そんな噂がまことしやかに囁《ささや》かれたものの、真相は分からずじまい。

ただ夜刀と土浦、鬼と呼ばれた二人が葛野の集落から姿を消したことだけは、疑いようもない事実だった。

こうして兼臣と夜刀の恋の話は、ひとまずの終わりを迎えたのである。

◆

語り終えた甚夜は、学校の屋上から葛野市を見下ろした。
鉄師の集落だった頃の面影はどこにもない。代わりに月日を重ねたことで、仄暗《ほのぐら》い事件も覆い隠された。ほとんどの市民は、ここで起こった悲劇を知らずに生活している。

「……悲しいね」

後味の悪い話を聞かされた彼女は、複雑そうな顔をしていた。
兼臣と夜刀。種族を越えて想い合ったのに、それを理解できない無粋な集落の者達に引き裂かれた。妖刀も決しておどろおどろしいものではなく尊い約束だった。この街には色々な想いが果たされないまま眠っている。

「そう、だな。だが当時としては当たり前だったんだ。姫川も、梓屋が赤マントと結婚したいなどと言い出したら止めるだろう？」

「それは、そうかもしれないけど」

葛野の民からすれば夜刀や土浦が集落にいることは、口裂け女や赤マントが普通に暮らしているのと同じ感覚だったのかもしれない。当時の甚夜からすると納得もできるが、平成の子供であるみやかには理解し難かったようだ。

「恐いのも分かる。でも、兼臣さん達を認めてあげる人がいて欲しかったかな。富島君達のこともあるし」

物語としての悲恋なら楽しめるが、ひきこさんの友人ができてしまった以上はみやかにとっても他人ごとではない。おそらく、心ならずも富島柳と吉岡麻衣が引き裂かれる様を想像したのだろう。脳裏に浮かんだ光景は、決して有り得ないことではなかった。

「さて、ここからは君にも関係のある話だ」

「私に？」

「ああ、いつきひめというのは兼臣と夜刀の直系の子孫だからな」

陰鬱だった空気を変えるためにも、甚夜は軽い口調で言った。

虚を突かれたのか、みやかが呆然としている。一瞬遅れて言葉の意味を理解して、彼女はおずおずと聞き返した。

「あの、今、なんて？」

「だから、いつきひめは兼臣と夜刀の直系の子孫だ。騒動の後、葛野の集落には社が建てられた。土着の神であるマヒルさまを崇める神聖なる社。そこには長と兼臣、そしてもう一人の鍛冶師・東吾という人物で話し合い、巫女が常駐するように決められたそうだ。いつきひめの名は『佳《か》夜《よ》』。夜の文字がどこから来たのかは、想像に難くないな」

その娘はおそらく、兼臣と夜刀の間に生まれた子供だったのだろう。しかし郷土の歴史を記した書物によると、初代のいつきひめの名は「夜刀」になっている。時期的に彼女が就くのは不可能であるため、兼臣あたりがそう記述したのではないか。名前だけでも夜刀の存在を残しておきたかったのかもしれない。

さらに言えば初代の巫女守《みこもり》は兼臣、佳夜の巫女守は東吾と記されている。その辺りの事情は甚夜のあずかり知らないところだ。彼にとって重要なのは、いつきひめに繋がる流れである。

いつきひめはマヒルさまに祈りを捧げ、鉄を生み出す火を崇める巫女。即ち葛野において姫とは火女であった。火の神に畏敬を抱くのは産鉄民として至極当然の成り行きであり、日々の生活を支える鉄、その母たる火と通じ合う巫女の存在は、古い時代には神と同一視された。だからいつきひめは社に住み、俗人に姿を晒《さら》すことはない。火女は社から一歩も出ず、御簾の向こうに姿を隠し、ただ神聖なるものとして集落の中心に在り続ける。

けれど最初は違った。

いつきひめは斎の火女。同時に〝居付きの緋目《ひめ》〟、集落に居ついた鬼を意味する。佳夜は夜刀の実子であり、鬼の血を引いている。それが周囲に知れ渡らないよう御簾の向こうに隠れ、巫女守がその身を守護する形をとった。

いつきひめは神聖さを保つために、長と巫女守以外に姿を晒さず社から出ない。その掟も方便に過ぎず、実際には社に出入りする人員を制限して真実が露見する可能性を減らそうとしたのだろう。そこには葛野の長と、東吾という鍛冶師の協力もあった。

巫女守（いつきひめを守る者）が鬼切役《おにきりやく》（集落に仇なす鬼を斬る）を兼任するというのにも、裏がある。

兼臣は協力者である長達に願った。

『佳夜を社の巫女という形で生かして欲しい。もしもの時は、俺が責任を取る』

そもそも鬼切役とは、鬼の血を持つ火女が集落に仇なす鬼となった時、被害が広がらぬよう即座に斬り捨てるための役だ。それはとりもなおさず、覚悟をもって夜刀の子を育てるという兼臣の決意が生んだ役職だった。ただし父親に娘を殺させるのは忍びないと、結局、巫女守に収まったのは東吾だったのだが。

「説話では、夜来は初代のいつきひめに古い刀匠が贈った刀とされる。刀匠はいつきひめの夫であり、自身の打った最高の刀を巫女へ贈ろうとした。しかしながら夜来を打つよりも早く巫女は逝去してしまった。結果、担い手を失くした夜来は御神刀として社に奉納されることとなった、という話だ。ここまで言えば分かるだろう？」

「兼臣が、妻である夜刀に贈った刀……。葛野君の持ってる刀が、夜刀の死後に完成した四本目の夜刀守兼臣？」

「正解だ。まかり間違っても関連性を疑われぬよう夜来——鬼を祓う〝やらい〟という名を与えられていたため、私も長い間知らなかったがな」

故にその異能は、「鬼と人の両特性を持つものにしか抜けず、千年の時を経ても朽ち果てない」。鬼と人が共にある未来を願った夫婦の想いが形になったもの。それが葛野の宝刀、夜来の真実である。

「じゃあ私、鬼の子孫なの？」

「いや、それは違う。直系は既に江戸の頃に絶えている。……彼らの最後の末裔《まつえい》は、白雪。白《びゃく》夜《や》と呼ばれたいつきひめだ」

「白夜……」

「説話『姫と青鬼』で語られた姫のことだな。彼女は青鬼の妹に殺され、いつきひめの系譜は一度終わりを迎える。そこで当時の長が新たないつきひめとして、ちとせ……千夜《ちよ》を立てた。彼女は後に国枝航大《くにえだこうだい》と結婚。京都にある荒妓《あらぎ》稲荷神社へと移り、甚太神社では彼女の娘がいつきひめを務めた。つまり君は、途中一度も断絶がなかったのなら、ちとせの子孫ということになる」

「少し待って。葛野君、詳し過ぎない？」

矢継ぎ早に話したせいで理解が追い付いていないようだ。けれどみやかの質問に対する答えは、さらに混乱を助長させる結果になってしまう。

「詳しくて当然だろう。そもそも、説話で語られる青鬼は私のことだからな」

白雪の死も、ちとせがいつきひめになった経緯も、国枝航大との結婚も全て甚夜自身が見聞きした。知らない方がどうかしている。なにせ彼こそが説話に語られる、「惚れた女を殺されて憎しみから鬼に堕ち、妹への復讐のために葛野を旅立った鬼」なのだから。

「……え？」

「以前、私は百を超えていると言ったはずだが。確か、百八十七歳だったかな。君の先祖であるちとせも知っている。とても可愛らしい娘だったよ」

磯辺餅を焼くなどという約束を何十年経っても覚えていてくれる、優しい娘だった。

懐かしさに目を細める。あの娘の面影はみやかには残っていないが、それでも込み上げるものがある。遠い未来で出会えた彼女の子孫。愛おしく思わないわけがなかった。

「冗談、だよね？」

「さて、どうだろう」

みやかは信じられないといった面持ちだ。残念とは思わない。むしろ普段の落ち着いた表情が崩れていて微笑ましかった。

直接の関係はないが彼女に繋がる幾多の物語にも、ようやくひとまずの終わりが見えてきた。

「話を戻そう。兼臣と夜刀の娘、佳夜。その末裔である白夜の死をもって、鬼と人の混血であるいつきひめの系譜は絶えた。現代に伝わるのはちとせ、特別な力のない純粋な人間の巫女の系譜だな。彼女達は婿養子をとる形で姫川の苗字を守り、代々娘には夜の名が付けられた」

新たな血筋が立ったと同時に、古い慣習はいくつか失われた。

最たるものは「社に常駐し、御簾越しにのみ民と会う」というものだろう。新しいいつきひめに鬼の血は混じっていない。姿を隠す意味もなく、今では普通に外を出歩いている。

逆に「いつきひめは代々、夜の名を冠する」という習わしは残った。元々は夜来の管理者が夜の名を賜《たまわ》る。しかし甚夜に託された後も、いつきひめは夜の名を継いできたようだ。

続いてきた理由は長の取り決めか、ちとせがそうしようと言ったのか。それは甚夜には分からないが、いつきひめの一族が古くからの想いを現代へ繋げるために、そのしきたりを守り続けてきてくれたことだけは間違いない。

「それは、お母さんから聞いたことがある。お母さんは夜宵《やよい》で、私も美夜香《みやか》だし」

「そうだな、君達は夜を継いできた。伝統といえばそれまでだが、いつきひめは遠い昔にあったはずの想いを、現代にまで紡いできた一族。君はその末裔ということだ」

「……それ、すごく恥ずかしい」

「そうか？　素晴らしい話じゃないか」

いつきひめは時代を越え、かつての想いは現代に届いた。

夜刀守兼臣もまた数多の物語を紡ぐ。妖刀に封じられた甚夜と、いつきひめであったやよいはふとした偶然から出会い、わずか数日ではあるが交流を持った。幼かったやよいも成長して母となり、みやかが生まれた。

結果、こうして甚夜は姫川の娘と向かい合う。

「これで、話は終わりだ。いつきひめと夜刀守兼臣は、兼臣と夜刀の出会いから生まれた。だからどうというものでもないが、今代のいつきひめである君には、聞いてもらいたかった」

みやかに聞いてもらいたかったのは単なる自己満足だ。知らなくてもいいことだが、そのまま通り過ぎるのは少し寂しい。聞いた後どう考えてどう受け取るのかはみやか次第だが、せめて知っていて欲しかった。

「君達の一族がどれだけ尊く美しいか。君に出会えた時、私がどれだけ嬉しかったことか。……知っていて、欲しかったんだ」

夕暮れの赤の中、甚夜はみやかをじっと見た。いつきひめが何のしがらみもなく、大手を振って外を出歩ける。それだけでもあの頃の惨劇に意味があったように錯覚できた。

「なんというか、知らないことばかりで驚いたけど。ありがとう、でいいのかな？　きっと葛野君にとっては、大切な話だったんだよね」

煮え切らない返しは半信半疑だからか。クラスメイトの男子が百歳を超えているなんて、にわかには信じられないのも仕方ない。

甚夜の語る話に嘘はなく、出会えて嬉しかったという言葉にも偽りはなかった。それが少しくらいは伝わったようだ。夕日に染まる彼女は、小さく微笑んでくれた。

「だから、ありがとう。でも、どうして話してくれたの？」

夜刀守兼臣のことは宿題の資料にしては深すぎるし、当代のいつきひめだからといって自らの正体が鬼であると明かす必要はなかったのかもしれない。しかし甚夜にとっては意味があり、隠し事を晒してでも伝えておきたいことがあった。

「いや、君が言っていたからな。『姫川の娘』と呼ばれるのが気になったと」

話が急に変わったせいで、みやかは小首を傾げた。

「まあ、言いわけだよ。私は決して君を軽んじていたわけではないが、伝わらなかったのならば意図は説明するべきだろう」

図書室でのやりとりは、決して言いわけではなかった。それを説明するためには夜刀守兼臣といつきひめのこと、そして国枝航大とちとせの結婚まで話をしないと意味が繋がらない。

「君は自分の苗字が、明治の頃から変わらず継承されてきたということを知っているか？」

「そうなの？　全然知らなかった……」

「姫川というのは、当時の長が与えた姓だ。君達の一族はそれを絶やさぬよう守ってきてくれた」

国枝航大との間に子をもうけ、にもかかわらずその末裔の苗字が「姫川」なのだから、結婚してからも母方の姓を名乗り続けるよう徹底されてきたはずだ。

　その理由を甚夜は知っている。

『だが瞬《またた》きの命とて残せるものもある。せめてもの侘びだ。いつか再び訪れた時、涙の一つも零させてやろう。楽しみにしているがいい』

　かつて集落の長はそう言った。甚夜に涙を流させる。それだけのために長は巫女に姫川の性を与えた。以来、いつきひめの一族はその苗字と夜の名を代々重ねてきたのだ。

「姫川の由来はおそらく長野県北部、白馬岳東麓を源とする河川だろう。『古事記』に曰く、奴《ぬ》奈《な》川姫《かわひめ》という美しい姫が住むとされる川だな」

「……それで?」

「白馬村・小谷村を流れ、日本海に注ぐ姫川。その源である姫川源流一帯は、古くから絶景としても名高い場所。そして、姫川源流に咲く花々は、白馬岳の雪解け水が育て上げる」

　フクジュソウ、ミズバショウ、カタクリ、キクザキイチゲ、バイカモ。

　長い冬が終わり、春が訪れる頃。清澄に流れる姫川と一斉に芽吹く可憐な花々は、春の息吹を感じさせる、まさしく絶景と呼ぶべき見事な眺めだ。

「つまり姫川とは、雪解けの果てに生まれる絶景を意味する」

「姫と青鬼」の話である。いつきひめは志半ばに倒れ、巫女守は守るべきを守れなかった。叶うならばいつまでも傍にいたいと願っていたのに。遠い昔、心底恋い慕った女とのことは雪のように溶けて消えた。

「だから、軽んじたつもりはなかった」

それでも季節は巡る。

みなわのひびは弾けて、懐かしい景色にはもう戻れない。冬が終われば雪がなくなるように、同じようにいつか日々も溶けて消えた。

けれど解けた雪は水になる。暖かな陽光の中で雪は解けて水になり、水は空へと昇る。曇となって風に乗り、雨になって降り注ぐ。そうして春が訪れる頃、解けて消え去ってしまった雪は小さな蕾《つぼみ》を芽吹かせる。

だから、想いはきっと雪のようなものだ。溶けて消えた想いは、いつか巡る季節の中で鮮やかに咲き誇る。そんな可憐な花にここで会えた。いつか失くしたものが還ることはなくとも、長い歳月の果てにあの頃の想いと再び巡り合うこともある。恋い慕う雪が解けて消えても、今ここに春の花が咲く。

姫川とはそういう意味だ。

あの日失くした物が還ることはなくとも、長い歳月の果てにあの頃の想いが美しい景色を作り出す。それが集落の長の仕掛けた悪戯だった。

鬼とは比べ物にならないほど短い命で、彼はかつてあったはずのものを未来へと繋げてくれた。甚夜にはそれが嬉しかった。だからつい呼んでしまった。

「巡る季節の中で咲いた美しい春の花。君はまさしく『姫川の娘』と、そう思ったんだ」

甚夜にとっては天女と比肩する形容だったが、あまり伝わっていなかったらしい。もっとも詳細を教えても、みやかは今一つ理解しきれていないようだ。それでも万感の意が込められていたのだけは察してくれたのか、照れて頬を赤く染めている。

「ええっと、何となくだけど分かった、と思う。でも、花はさすがに恥ずかしいかな」

「それは、どういう」

「ごめん。少し、落ち着くだけの時間があると嬉しい」

そう言って、みやかがぎこちなく笑ってみせた。

白雪と甚太は、最後までいつきひめと巫女守であろうと橙色の空の下で誓った。そして今、以前とは違う夕暮れの中、甚夜はみやかを見つめる。歳月は流れて心が変わり、遠い景色もかつての誓いもどこかへ消えてしまった。けれど変わらずに残ったものもちゃんとある。踏み越えてきた時間は決して無駄ではなかったと、そう信じることができた。

夕日に照らされた二人の影は一つになって、瞬き始めた星がもうすぐ夜を連れてくる。

あの頃に見た景色と今ここで見る景色。違うはずなのに、何故か懐かしい気持ちになる。

甚夜はもう少しだけここにいようと、いまだに悶《もだ》えているみやかを微笑ましい気持ちで見守っていた。


「うん、よく調べてある。素晴らしいレポートだったよ」

後日、完成した郷土研究レポート「鉄師の集落としての葛野」は納得のいく出来となった。

説話に見られる葛野の当時の様子。刀匠である兼臣とその逸話を絡めた話。なにより、いつきひめなどのタタラ場であった頃の葛野の在り方。他のグループよりも一段深く踏み込んだ内容は教師陣からも高評価だった。苦労しただけに喜びもひとしおである。

「よかった、大変だったけどいい感じになったね」

放課後の教室、グループメンバーで集まってお互いに労をねぎらう。

肩の荷が下りたからか、薫が気を抜いてだらけている。机に突っ伏していると大抵はみやかが窘《たしな》めるのだが、今回ばかりは見逃されている。時間のかかる宿題が終わって安堵しているのは彼女も同じようで、普段より表情が柔らかかった。

「そうだ、せっかくだから打ち上げ代わりにどっか遊びに行こうよ！」

「お、いいな」

薫の提案に柳がすぐさま乗り、彼が行くのならと麻衣も賛成する。みやかも反対しなかったため、甚夜もそれに同意した。グループワークを通して以前よりも距離が近付いたおかげか、とんとん拍子で話は決まり、学校帰りにどこかで軽く食べてそこから遊びに行く流れとなった。

今回の課題を通して変化があったのは、甚夜も同じだった。

「みやかはどの店がいい？」

「適当なファミレスでいいんじゃない？　あっ、と。甚夜は、和食系の方がいいのかな」

「いや、特にこだわりはない。まずは駅前に出てから決めるか」

「そうだね、それで」

屋上での語らいの後、お互いに下の名前で呼ぶようになった。提案はみやかの方からだ。どうも姫川と呼ばれると、夕暮れの語らいを思い出して恥ずかしくなるらしい。

「みやかちゃん、葛野君と何かあった？」

「えっ、な、なにかって？」

「名前で呼び合ってるし、妙に仲いいし。あと和食勧めてるし。葛野君って和食が好きなの？」

「知らないけど、お年寄りならそういうものの方がいいかなって」

「お年寄り？」

　百歳を超える鬼だということを少しは信じてくれたのか、接し方にも変化があった。年寄り扱いと言えばそうだが、彼女なりの気遣いなので腹は立たない。薫にも同じように伝えてはいるはずだが、こちらは一切態度に変化がない。信じていないというよりも、大したことではないと考えているのだろう。

「二人とも、そろそろ行くぞ」

「ほら薫？」

「あ、うん、そうだね……？」

　甚夜が声をかけると、助かったとばかりにみやかが話を終わらせる。薫は納得しきれていないようだが、ひとまず全員で教室を出た。

　歩きながら話し合い、行き先は駅前のハンバーグレストランに決定した。そこのチーズハンバーグが麻衣のお気に入りらしい。選んだのは当然のように柳だった。

　宿題が終わったおかげで気楽になり、道すがらの雑談も弾む。

「悪い、ちょっと待ってもらっていいか？　行く前にコンビニ寄りたいんだけど」

食事の後にどこへ行くかを話し合う途中、柳が金を下ろしたいと言ってコンビニに寄った。

「すごい富島君、自分の口座があるんだ。大人だね」

「いやいや、高校生になったんだからお金の管理も覚えなさいって親に渡されただけだよ」

薫がきらきらと目を輝かせ、尊敬の視線を送っている。こんなことで大人扱いされるとは思っていなかったのか、柳は少し困った様子だ。

「ついでだし、私達も入る？」

「そうだな」

特に買い物があるわけでもないが、外で待っているよりはいいだろうと柳を追ってコンビニに入った。

各々適当に商品を眺めていたが、別行動になった途端、麻衣が女性客とぶつかって尻もちをついた。すぐに気付いた柳が、コンビニＡＴＭの操作を途中で終わらせてそちらへ向かう。大丈夫ですか、と先に女性客の方を心配して助け起こすあたり彼はしっかりしている。

「麻衣も、大丈夫か」

「あっ、ご、ごめんね、柳くん」

「謝るのは相手にだろ？」

柳が差し出した手を取って、ふらふらと麻衣は立ち上がる。その後はしっかりと頭を下げて謝罪した。

「す、すみません、でした……」

「いえいえ、こちらもよそ見をしていたものですから」

相手の方も同年代くらいの少女だった。地面に触れそうな長い黒髪と病的なまでに白い肌が特徴的だ。小柄で線が細く、場所がコンビニではなく着ている服がいかにも安っぽい既製服でなければ、どこぞの令嬢かと思ったかもしれない。

ぶつかった時に落としたのか、床には彼女の買った菓子が散乱していた。麻衣のことは柳に任せて、近くにいた甚夜は落ちた菓子を拾い集める。醤油せんべい二袋、プリン五つ。どれも駄目になっていないのは幸いだった。

「どうぞ。お怪我はありませんでしたか？」

「ええ、大丈夫です。拾っていただいて申しわけありません」

菓子の入ったビニール袋を受け取ると、少女は丁寧に頭を下げた。年の頃は十五かそこらに見えるが、折り目のついた礼儀正しい振る舞いだ。彼女は何故か甚夜の目を見ると、曖昧にはにかんでみせる。

「……本当に、すみませんでした」

「そんな、気にしないでください。では失礼します」

改めて麻衣が謝ると、それを受け入れた少女は優雅に一礼した。

「相手がいい人だったからよかったものの、ちゃんと気を付けなさい」

「う、うん……ごめんね、柳くん」

注意された麻衣が落ち込んでいる。一人にするのが不安だったらしく、柳は彼女の手を引いて再度ＡＴＭへ向かった。

不運にもぶつかってしまったが大事にはならなかったのだから、当たり前のようにすれ違って終わりのはずだった。しかし何故か、思い出したように少女は言う。

「ああ、そうだ。少し、よろしいですか？」

呼び止められたのは、ぶつかった麻衣ではなく甚夜だ。声の調子に怒りはない。だから大して警戒もせず彼は振り返り、彼女の姿を目に留め、そして息を呑む。

『ああ、兼臣……ようやく、妻の務めを果たせたよ』

彼女の深く静かな赤い瞳に、一瞬思考が止まった。

すぅ、と彼女は手を伸ばしたが、甚夜は身構えもしなかった。まるで悪意のない、愛しい子に触れるような優しい手つきだった。拒んではいけないとわけもなく察した。

『お前の言う通りだった。鬼と人は共に在れる……それを、彼は示してくれた』

かつて集落の民は鬼を滅ぼすために動き、夜刀は製鉄の炉に突き落とされて身を焼かれたと、鍛冶師である東吾は語った。

製鉄炉に落ちれば死体は残らない。夜刀の最期を見たのはこの鍛冶師だけで、他には誰一人として鬼女の死を確認した者はいない。

だから、例えばの話である。もしも東吾という男が、心の底では兼臣のことを認めていたとしたら、いくら鬼女でも自身の認める鍛冶師の妻を殺せないと考えるのではないか。いの一番に名乗りをあげて討伐に参加し、夜刀は製鉄炉で焼け死んだということにして、その最期を誤魔化すといった一幕があってもおかしくない。

夜刀が生き残ったのなら、千年を生きる鬼女として兼臣との約束通り夜刀守兼臣の行く末を遠い未来まで訪ねに行くだろう。そうすれば長い歳月の果てに、夜来と名を変えた愛し子のような刀を受け継いだ人と共に生きる鬼と、何かの偶然ですれ違うこともあるのかもしれない。

『大丈夫。私達の愛し子は、ちゃんとお前が願った通りの場所に辿り着けた』

赤い瞳はあやかしの証。それが今は涙に濡れている。

鬼女はゆっくりと甚夜の頬に触れた。

『私達の愛し子、その担い手。……君に、会えてよかった』

そう告げると、わずかな名残さえ感じさせず鬼女は今度こそ去っていく。

甚夜は茫然と小さくなる背中を眺めていた。

みやかにあれだけ講釈を垂れておいて、驚きに身動き一つとれないでいる。

長く生きていればこんなこともあるだろう。道の途中、ふと目に留まった小さな花の美しさに時間を忘れて見入ってしまった。これはただそれだけの話だ。

「悪い皆、お待たせ」

柳がいくらか金を下ろしてコンビニを出ようとしたところで、みやかが甚夜の変化に気付いた。

「じゃあ、行こうか。あれ。甚夜、どうかした？」

明確な答えを返せるほど胸の内は落ち着いていないため、感じたことを素直に零した。

「想いは、巡るものだと思ってな」

「えっ？」

「いや、すまない。少し考え事をしていただけだ」

「そう？　それならいいけど」

話はそこで終わり、五人は改めてコンビニを出る。

所詮はすれ違い。甚夜は小さくなる背中を追うことはしなかった。

復讐に身を窶《やつ》した鬼と、仲睦まじい夫婦の約束。二つの物語は交わらないし、会えてよかったと言った彼女の心は知りようもない。彼女は何も聞かず去っていった。それで満足したというのなら、追って根掘り葉掘り聞くのは無粋が過ぎる。

「私ね、カラオケ行きたい！　麻衣ちゃんの歌、絶対可愛いと思うんだ」

「梓屋さん、いいね。よし、飯食ったらカラオケな」

「えっ、あの……え？」

なにより向こうの話に囚《とら》われて、こちらが疎《おろそ》かになるのはもったいない。

放課後、夕暮れ、皆で寄り道。ありふれた、けれど夫婦の約束に勝るとも劣らない景色だ。

「なんだかなぁ。どうする、止める？」

「いいんじゃないか別に？　せっかくの機会だ、多少は羽目を外すのも悪くないだろう」

「うん。そう、かな？」

昔語りの後には、ちゃんと今を楽しもうと思う。

想いはきっと雪のようなものだから。
こうして過ごした何気ない日々が、いつかどこかで花を咲かせることもあるだろう。

中西モトオ（なかにし もとお）

愛知県在住。WEBで発表していた小説シリーズ
『鬼人幻燈抄』でデビュー。

鬼《き》人《じん》幻《げん》燈《とう》抄《しょう》 平《へい》成《せい》編《へん》 逢《あ》う日《ひ》遥《はる》けし

2023年2月25日 第1刷発行

著 者 中《なか》西《にし》モトオ
発行者 島野浩二
発行所 株式会社 双葉社
〒162-8540 東京都新宿区東五軒町3-28
電話 営業03(5261)4818
編集03(5261)4804

印刷所 中央精版印刷株式会社
製本所 中央精版印刷株式会社

落丁・乱丁の場合は送料双葉社負担でお取り替えいたします。「製作部」あてにお送りください。ただし、古書店で購入したものについてはお取り替えできません。☎03-5261-4822(製作部)

ISBN978-4-575-24607-0 C0093
定価はカバーに表示してあります

双葉社ホームページ http://www.futabasha.co.jp/
（双葉社の書籍・コミック・ムックが買えます）